MICHEL BERGMANN
WEINHEBERS KOFFER

ROMAN

KAMPA

Die Originalausgabe erschien 2015 im Dörlemann Verlag, Zürich.

Für den Blick hinter die Verlagskulissen:
www.kampaverlag.ch/newsletter

KAMPA POCKET
DIE ERSTE KLIMANEUTRALE TASCHENBUCHREIHE
Gedruckt auf säurefreiem und chlorfrei gebleichtem Papier
zur Unterstützung verantwortungsvoller Waldnutzung,
zertifiziert durch das Forest Stewardship Council. Der
Umschlag enthält kein Plastik. Kampa Pockets werden
klimaneutral gedruckt, kampaverlag.ch/nachhaltig infor-
miert über das unterstützte CO_2-Kompensationsprojekt.

Veröffentlicht im Februar 2025 als Kampa Pocket
Eine Koproduktion der Verlage Kampa und Dörlemann
Copyright © 2015 by Dörlemann Verlag AG, Zürich
Für diese Ausgabe
Copyright © 2025 by Kampa Verlag AG,
Hegibachstrasse 2, CH-8032 Zürich
info@kampaverlag.ch
GPSR-Kontakt: Schöffling & Co. Verlagsbuchhandlung GmbH,
Kaiserstraße 79, D-60329 Frankfurt am Main
info@schoeffling.de
Der Verlag behält sich eine Nutzung des Werkes für Text-
und Data-Mining im Sinne des § 44b UrhG ausdrücklich vor.
Covergestaltung: Lara Flues, Kampa Verlag
Covermotiv: © Giulia Neri
Satz: Dörlemann Satz, Lemförde
Gesetzt aus der Walbaum Standard BQ / 1. Auflage 2025
Druck und Bindung: GGP Media GmbH, Pößneck
Auch als E-Book erhältlich
ISBN 978 3 311 151197
www.kampaverlag.ch

Für Lou, der schon mal vorgegangen ist …

»Leben und Tod sind eins,
so wie der Fluss und das Meer eins sind.«

Khalil Gibran

Der Koffer

Könntest du früher kommen und mir helfen?, fragte Lisa. Ich geriet in Panik. Sie wollte in ihren Geburtstag reinfeiern! Freunde würden in der Tür stehen und liebevoll verpackte Dinge in den Händen halten. Nur einer hatte noch kein Geschenk ... Nach dem Telefonat rannte ich los, und während ich das tat, dachte ich noch, was soll das? Wo willst du hin? Und was willst du kaufen?

Ich starrte sorgenblind in die Auslagen der Geschäfte. Sonnenbrille? Schuhe? (Welche Größe hatte sie überhaupt?) Ein Laden voller Schnickschnack, den keiner brauchte. Lustige Frühstücksbrettchen mit coolen Sprüchen drauf! Dann hatte ich plötzlich eine Eingebung! Es gab doch dieses riesige Second-, besser Third-Hand-Lager, an dem ich immer wieder vorbeimusste, auf dem Weg zur Post. Es gehörte zwei türkischen Brüdern, Fatih und *Mutih*, wie ich den älteren nannte.

Die beiden hingen vor ihrem Laden in »*echte Ihms-Sessel*« herum, wie man den handgeschriebenen Schildern entnehmen konnte. Drinnen dann Möbel aus allen Stilepochen, Ölgemälde, Lithos und Poster. Vom Biedermeier zum Kubismus und zurück zur Romantik und der Antike in einer Sekunde. Haushaltsgeräte von Omi und Opi, von der handbetriebenen Kaffeemühle über die tonnenschwere Wäschemangel bis hin zur gut erhaltenen Munddusche »Dental-Traum«.

Fatih ließ mich nicht aus den Augen. Ich hatte noch nichts Brauchbares entdeckt, befand mich bereits in der Auslaufzone des Lagers, zwischen durchgesessenen Sofas, abgewetzten Sesseln und nachgemachten Reklameschildern aus der Frühzeit der DDR, die bei urbanen Menschen Verzückung hervorriefen. Mein Gott, dachte ich, was hatte das alles mit Lisa zu tun? Brauchte sie einen Regenschirmständer oder eine Micky-Maus-Wanduhr? Gedankenverloren schaute ich für eineinhalb Sekunden auf einen alten Koffer, der neben einer Kommode stand. Schon hatte der Ladenbesitzer beflissen das gute Stück nach vorn gezerrt, flüchtig mit der Hand abgewischt, auf einen ausziehbaren Resopal-Esstisch gewuchtet und voller Stolz mit einladender Geste darauf gezeigt. Und gesagt, was er in so einem Fall immer sagt: Schönes Teil!

Der Koffer war groß, rötlichbraun, aus robustem Leder mit einem Gurt, messingfarbenen Schlössern und kräftigen hellen Nähten. Ich bemerkte die ovalen, quadratischen oder dreieckigen Aufkleber: *Dorchester, London* konnte ich erkennen, *Hotel Palacio, Taormina; Vier Jahreszeiten, Hamburg; Principe de Savoia, Milano; George V, Paris; Danieli, Venezia; König von Ungarn, Wien.* Der alte Koffer hatte schon einiges gesehen von der feinen Welt. Und dann entdeckte ich unter dem Griff zwei goldgeprägte Initialen: L.W.

L.W.! Lisa Winter! Es gab einen Gott! Ich vermied es, eine Siegerfaust zu ballen, versuchte gleichgültig zu wirken. Der Koffer ist noch super in Schuss, sagte der junge Türke. Na ja, reagierte ich skeptisch. Was willst du dafür haben? Er schaute mich herausfordernd an.

Schwer zu sagen, habe ihn in Kommission. Ein Kunde hat mir den dagelassen. Was willst du zahlen? Wie viel willst du haben?, fragte ich blitzschnell zurück. Fatih grinste frech. Wer den ersten Preis nennt, hat schon verloren. Pause.

Okay, gib mir fünfzig. Fünfzig? Ja, ist doch nicht viel, und ich muss das teilen. Ich holte zwei Zwanziger aus der Hosentasche und hielt sie ihm vor die Nase. Er schnappte sich das Geld, öffnete wortlos den Koffer, entnahm einen Stapel vergilbter Spitzendeckchen, die er irgendwann mal darin verstaut hatte, verschloss ihn gewissenhaft, wischte mit einem der Deckchen noch einmal darüber. Ich griff mir den Koffer, der bereits leer ein eindrucksvolles Gewicht hatte, und verschwand Richtung Ausgang. Vor der Tür rekelte sich *Mutih* im *Ihms*.

Ich hatte einen Blumenstrauß und dazu eine edle Dose *Fancy Dusted Truffles* erstanden, eine frivole Süßigkeit aus Belgien, für die Lisa sich (und mich) hingeben würde. Darüber hinaus war vorgesehen, ihr das Leseexemplar des neuen Romans von Jojo Moyes zu schenken, das ich mir unter Vorspiegelung falscher Tatsachen (habe vor, eine Rezension zu schreiben, ha, ha) vom Verlag hatte zuschicken lassen, wie ich es oft mache. Auf jeden Fall wollte ich dies alles in den Koffer packen. Ich kniete also nieder, legte ihn auf den Fußboden, öffnete den Gurt, die beiden Schlösser sprangen reibungslos auf.

Ich schnupperte in den Koffer und stellte zu meiner Erleichterung fest, dass er nicht moderig roch, sondern vertrauenerweckend nach Leder. Er würde Lisa gefallen, da war ich sicher. Selbst wenn man sich nicht mit ihm abschleppen mochte – er war dekorativ. Der Koffer hatte drei geraffte Seitenfächer aus Stoff, die mit ausgeleierten Gummizügen am Innenrand auflagen. Ich fasste vorsichtig in die Stofftaschen und entdeckte in der letzten eine angegraute Visitenkarte, auf der zu lesen stand:

Dr. phil. Leonard Weinheber,
Berlin-Wilmersdorf, Victoria-Louise-Platz 14.
Fernsprecher: 42371.

Ich verspürte einen Hauch von Rührung. Wie ein Kleinod betrachtete ich das Kärtchen, das aus einer anderen Welt stammen musste. L.W. Leonard Weinheber war wohl der ehemalige Besitzer des Koffers! Wie lange war das her? Was ist aus ihm geworden?

Der unbekannte Herr Weinheber ging mir nicht mehr aus dem Kopf. Ich sah sie vor mir, die Wohnung, in der die Enkel mit spitzen Fingern Opas Habseligkeiten in einen Müllcontainer warfen, bis einer sagte: Oh, geil, den Koffer krall ich mir!

Dann stand er ein paar Jahre unnütz im Weg, um schließlich in Fatihs Fundus zu enden. Ich beschloss, Lisa den Koffer erst in ein paar Tagen zu schenken. Oder in zwei Wochen. Oder gar nicht. Ich setzte mich vor den Rechner und googelte den Namen. Es gab einige Weinhebers weltweit – ein Leonard war nicht darunter.

Pünktlich fand ich mich mit Blumen, Buch und Trüffeln bei Lisa ein, half ihr, das Büfett zu dekorieren, holte Klappstühle aus dem Keller und schlug die Sahne. Jutta, Lisas ältere Schwester, erschien ebenfalls früher, um zu helfen. Sie kam mit einer selbst gebackenen Möhrentorte. In den letzten Jahren war die geschiedene Frau zu einer Gesundheitsterroristin mutiert. Sie war von der gemeinsamen Verschwörung der Energie-, Pharma-, Agrar- und Lebensmittelindustrie überzeugt. Sie fand ihr Seelenheil in einer sektenähnlichen Organisation namens »Lebefreit« auf einem Resthof in der Uckermark. Dort ging sie ihrem spirituellen Treiben nach, belehrte die alteingesessenen Landwirte, verteufelte die Schulmedizin und betete stinkende chinesische Pilze als das einzig effektive Heilmittel an. Man konnte sich nicht dagegen wehren, stets die neuesten naturmedizinischen Erkenntnisse aufgetischt zu bekommen.

Da wurden Paracelsus, Hildegard von Bingen und Luther zitiert, selbst vor Einsteins Bienenmenetekel schreckte die Besessene nicht zurück, obwohl Honig tabu war. Die überzeugte Veganerin nannte ihn »Bienenkotze«. Es flossen Tränen, als Jutta tolldreist behauptete, der Vater könnte heute fröhlich und beschwerdefrei unter uns weilen, hätte er sich nicht nach seinem Schlaganfall (der ihm erspart geblieben wäre, wenn er sich gesund ernährt hätte!) in die geldgierigen Hände der Gerätemedizin begeben. Als ich daraufhin etwas einwenden wollte, hielt mich Lisa zurück. Es kamen die ersten Gäste mit Hallo und guter Laune. Darunter ein paar von Lisas Kollegen vom Lufthansa-Magazin, bei dem sie als Fotoredakteurin arbeitete. Das ist Elias, mein Freund, stellte sie mich vor und ich gab brav Händchen. Während sich auf der Kommode im Flur die Geschenke stauten, dachte ich an Weinhebers Koffer, der mich gewiss bereits vermisste.

Der Abend verlief angenehmer als erwartet. Vorerst. Da saßen zwar Menschen, mit denen ich nicht unbedingt jeden Tag zusammen sein wollte, aber sie waren offen, freundlich, interessiert. Solange ich über meine Arbeit reden konnte, war alles in meinem Sinne. Wow, du hast Film studiert. Und was machst du jetzt? Untertitel für US-Serien. Super! Auch *House of Cards*? Ja, sagte ich, aber auch Seriöses, wie die *Simpsons*. Das war immer ein Lacher. Das ist sein jüdischer Humor, sagte Lisa nicht ohne Stolz, Elias ist Jude. Ich widersprach halbherzig. Ja, nein, eigentlich nicht. Mein Vater ist Jude, aber im halachischen Sinne bin ich kein Jude, weil meine Mutter keine Jüdin ist. Der Jude geht durch das Blut der Mutter, heißt es im Talmud. So kam, wie bei jeder kultivierten deutschen Geselligkeit, der Holocaust auf die Tagesordnung. Hat deine Familie denn irgendwie Menschen verloren im Krieg, wollte Kerstin, eine Kollegin von Lisa, wissen. Ja, sagte ich, mein Vater hat seine Großeltern nie kennenlernen können, sie sind in Majdanek *irgendwie* verloren gegangen. Es entstand eine Pause, dann wurde die zweite Stufe gezündet: Israel!

Sicher, es sei nicht nett, israelische Waren zu boykottieren, aber man müsse *ein Stück weit* aufmerksam machen auf die Ungerechtigkeit den Palästinensern gegenüber. Also, ich bin kein Antisemit, im Gegenteil, ich habe jüdische Freunde, aber die Juden müssten doch am besten wissen, wie das ist, wenn man unterdrückt wird. Was da passierte, erinnere, man könne es nicht anders beschreiben, fatal an Zustände in einem KZ!

Nachdem diese und weitere unqualifizierte Argumente ein paarmal hin und her geflogen waren, fühlte ich mich berufen, mich konsequenter einzubringen. Lisa versuchte, mich zurückzuhalten. Sie kannte mich – und besonders gut, wenn ich getrunken hatte. Der Firnis der Zivilisation löste sich in dieser Phase gern ab. Hört mal zu, ihr Arschgeigen, mit Verlaub, sagte ich laut, eure Meinung zu Israel interessiert mich einen Scheiß! Denn es ist das einzige Land, zu dem ihr eine Meinung habt! Auf Juden lässt es sich gut rumhacken. Die stecken euch nicht gleich ein Messer zwischen die Rippen, wenn ihr deren Ehre beleidigt. Lisa wollte meinen Furor stoppen und sagte: Elias war übrigens schon oft in Israel. Aber das konnte mich nicht abhalten, weiter zu wüten:

Wieso boykottiert ihr nicht die Türkei oder Russland oder Iran oder sonst einen arabischen Staat? Wo ist denn da eure Solidarität, hm? Mit den Frauen, den Schwulen, mit den

Intellektuellen? Wo sind denn die Demos gegen den IS oder die Boko Haram? Ich will euch was sagen: Das Schicksal all dieser Menschen geht euch am Arsch vorbei. Nur bei den Juden, da werdet ihr aktiv. Da werden auf wundersame Weise irgendwelche Synapsen im Gehirn befeuert. Da kann man sich reinwaschen! Da wird der Täter zum Bewährungshelfer! Leckt mich doch!

Damit verließ ich die Party. Warum regst du dich so auf, rief mir Tom hinterher, du bist doch kein Jude! Ich drehte mich um: Du regst dich doch auch über Massentierhaltung auf und bist kein Huhn!

Gegen zwei Uhr früh, ich lag bereits im Bett, klingelte mein Handy. Danke, dass du mir meinen Geburtstag versaut hast! Immer wieder wegen diesem Judenscheiß, wie mich das ankotzt! Ich unterbrach sie. Habe ich damit angefangen? Deine Freunde sind es, die das umtreibt. Sie sind die Enkel der Täter und das ist der Stachel in ihrem Fleisch. Eine eiternde Wunde, die immer wieder aufbricht. Übrigens, herzlichen Glückwunsch zum Geburtstag, mein Schatz. Sie hatte bereits aufgelegt.

Fatih war überrascht, mich so rasch wiederzusehen, und erstaunt darüber, dass ich mich nach dem Schicksal des Koffers erkundigte. Warum willst du das wissen, fragte er voller Misstrauen, stimmt was nicht mit dem Teil? Alles okay, sagte ich, ich wollte nur die Goldmünzen zurückgeben, die ich darin gefunden habe! Er lächelte gequält und gab mir die Telefonnummer eines gewissen Hamed, der in Kreuzberg wohnte. Ausgerechnet ein Araber. Ich rief ihn an, erklärte ihm kurz, um was es ginge, und wir verabredeten uns für den nächsten Tag in Moabit, wo er einmal in der Woche an einem Deutschkurs der Volkshochschule teilnahm.

Ich hatte mich mit Lisa versöhnt und sie zu einem Ausflug nach Wilmersdorf eingeladen. Auf dem Weg dorthin berichtete ich ihr von dem Koffer, den ich aufgrund der Initialen L.W. für sie erstanden hatte und den sie auch bekommen sollte, sobald sein Geheimnis gelüftet wäre. Lisa reagierte unerwartet entspannt und wünschte mir viel Glück bei meinen Recherchen. Vielleicht wird das mal ein Film, sagte sie:

Der geheimnisvolle Koffer!

Das Haus am Victoria-Louise-Platz war ein restaurierter Altbau aus dem Jahr 1906. Er gehörte zu einem Ensemble mehrerer gleich aussehender Häuser. Vor dem Eingang, bevor man zum Vorgarten gelangte, waren vier messingfarbene Stolpersteine eingebracht worden, die an ehemalige jüdische Bewohner des Hauses erinnerten.

Und tatsächlich konnten wir hier zweimal den Namen Weinheber lesen: *Hier wohnte Samuel Weinheber, Jahrg. 1871, ermordet in Auschwitz 1943, und Cilly Weinheber, geb. Stiller, Jahrg. 1878, ermordet in Auschwitz 1943.* Die Visitenkarte aus dem alten Lederkoffer hatte eine Tür zur Vergangenheit aufgestoßen!

Die ham hier jewohnt, die Leute, hörten wir eine Stimme von oben rufen. Eine etwa siebzigjährige Frau mit Kittelschürze beugte sich über die Geranien, die am Balkongitter hingen. Sind Sie Verwandtschaft? Nein, rief Lisa hinauf, aber wir interessieren uns für die Familie. Woll'n Se ma ruffkommen und kieken? Eine Minute später standen wir im Flur der Wohnung. Also, dit war ja in den Dreißjern ne viel jrößere Wohnung jewesen, wa. Nachn Krieg wurde die jeteilt, brauchte man ja Platz. Denn sind meine Eltern einjezogen, so lange wohn wir schon hier, wa.

Und wie dit anfing mit den Stolpersteinen, ham wir uns erkundigt über die Weinhebers. Sind ja alle umjekommen, wa, schrecklich. Wissen Sie, wat ick mich frage? Wieso die Menschen sich nicht jewehrt haben. Lisa warf mir einen verstohlenen Seitenblick zu und hoffte, dass ich mich zurückhielt. Na ja, sagte ich, es gab schon Widerstand, aber die deutschen Juden haben es sich nicht vorstellen können, dass ihre Landsleute ihnen so etwas antun würden. Der Mensch hofft eben bis zuletzt. Selbst wenn er in der Gaskammer steht!

Der junge Araber hatte sich treffend beschrieben: Er war mittelgroß, schlank und trug eine Lederjacke. Er machte einen gepflegten Eindruck. Hamed schien schüchtern zu sein und sprach gebrochen Deutsch. Für mich war der Kerl zweifellos schwul. Er studierte Brückenbau an der TU, hatte vor kurzem ein Stipendium bekommen, nachdem er die ersten Semester in Haifa absolviert hatte. Er stammte aus einer palästinensischen Familie, die seit Generationen in Yafo lebte.

Den Koffer habe ihm sein Großvater geschenkt, damit er vernünftig nach Deutschland reise und nicht ankäme wie ein Landstreicher. Überhaupt war der Großvater ein korrekter Mann, der darauf achtete, dass sein Enkelsohn sich in der Welt ordentlich aufführte. Der Familie keine Schande zu machen war ein Gebot im Islam. Dann solltet ihr euch auch daran halten, dachte ich, und nicht andere Leute mit Raketen beschießen.

Über den Koffer wusste Hamed wenig zu berichten. Er hatte ihn mal im Haus des Großvaters bemerkt und nach seiner Erinnerung stand er in einer Abstellkammer, in der auch Werkzeuge, Zement und Farben lagerten.

Und als der Großvater erfuhr, dass Hamed in Berlin studieren würde, stellte er ihm eines Tages den leeren, geputzten Koffer vor die Nase und sagte zu seinem Enkel: So reist ein arabischer Gentleman!

Hamed war nicht erfreut, er hatte sich bereits einen schicken Aluminiumkoffer gekauft. Doch er wollte den neunzigjährigen Mann nicht enttäuschen. So fuhr der Student nach Deutschland, mit dem Ziel, den Koffer in Berlin so rasch wie möglich loszuwerden.

Weinheber? Nein, er konnte nichts mit diesem Namen anfangen. Klingt jüdisch, sagte ich beiläufig. Sind Sie Jude?, fragte Hamed. Ich schüttelte den Kopf. Er schien erleichtert. Wie kam der Koffer von Deutschland nach Israel?, wollte ich wissen. Werde ich meinen Großvater mal fragen, wenn ich ihn anrufe, versprach der junge Araber. Dann redeten wir über Israel. Ich erzählte von meinen Besuchen dort und dass ich meinen ersten Dokumentarfilm auf dem Festival in Jerusalem gezeigt hatte. Um was es in meinem Film gehe, wollte Hamed wissen, und ich sagte: Jüdische Einwanderer.

Und du findest es richtig, dass die Überlebenden sind gegangen nach Palästina und haben gestohlen unser Land, fragte er. Gestohlen ist sehr hart, sagte ich, so einfach war es nicht, wie du es erzählst. Es haben dort immer Juden gelebt. Schon lange vor Mohammed und danach, bis heute. Hättest du genauso reagiert, wenn es Araber aus aller Welt gewesen wären, die das Land besiedelt hätten?, fragte ich. Er meinte: Du hast doch keine Ahnung! Ich sagte ihm, dass ich einen arabischen Freund in Israel hätte, einen ehemaligen Kommilitonen. Durch ihn wisse ich einiges über das Leben der israelischen Araber, über Diskriminierung, aber auch über die Möglichkeit, sich dagegen zu wehren. Immerhin saßen Araber in der Knesset und im obersten Gericht. Hamed musste zugeben, dass es den meisten Arabern in den umliegenden Ländern unvergleichlich schlechter ging. Er sah auf die Uhr. Er musste los. Er wollte sich bei mir melden.

Die nächsten Tage plätscherten belanglos dahin. Seitdem ich den Antrag auf eine Filmförderung für mein aktuelles Projekt eingereicht hatte, fühlte ich mich wie ausgebrannt. In einem Monat sollte die letzte Staffel von *House of Cards* untertitelt werden, da hätte ich wieder Arbeit.

Lisa war für ein paar Tage nach Bremen gefahren. Seitdem ihre Mutter Witwe war, schien sie aus dem Ruder zu laufen. Die einst so ordentliche Gattin eines Studienrats war in Gefahr, sich gehen zu lassen. Lisa sah ein, dass ihre Mutter Unterstützung brauchte. Es war bemerkenswert, dass Eltern und Kinder irgendwann im Leben einen Rollentausch vornahmen. Ich hatte Lisa gerade in den Zug gesetzt, danach brav gewinkt, als mein Handy klingelte. Es war Hamed. Du, sagte er, habe ich mit meinem Großvater gesprochen. Hat er gearbeitet 1939 in Yafo, im Hafen. Dann erzählte er mir von den Schiffen, die aus Europa kamen und vor der Küste ankerten. Zuerst haben sie die jüdischen Flüchtlinge mit kleinen Booten an Land gebracht, anschließend das Gepäck. Als keiner den Koffer abholte, hat er ihn mitgenommen. Und was ist mit den Sachen passiert, die drin waren?, wollte ich wissen. Hab ich nicht gefragt. Aber das interessiert mich. Okay, frag ich nächstes Mal.

Wenn ich über meinen Rechner schaute, sah ich ihn: Weinhebers Koffer! Er hatte sich mich ausgesucht, nicht ich mir ihn. Davon war ich inzwischen überzeugt. Jetzt stand er da, ein stummer Gast aus einer vergangenen Zeit. Hör zu, sagte ich zu ihm, kein Grund, vorwurfsvoll zu sein. Wir werden das Rätsel lösen, okay?

Gibril

Ich wollte gar nicht genau wissen, wie sie es machte. Aber immer wieder gelang es Lisa, Flugtickets für zehn Prozent an Land zu ziehen. Wenn ich mich recht erinnere, war dies der wahre Grund, weshalb sie den Job bei der Bordpostille angenommen hatte. So kam es, dass sie mich eines Morgens am Flughafen aus dem Auto warf und ich mich auf den Weg zum Check-in machte.

Ich hatte bei meinen diversen Besuchen Gefallen gefunden an Israel. Es waren gerade die Kontraste, die mich faszinierten: zwischen dem überschäumenden Leben im weltoffenen Tel Aviv und der dumpfen Religiosität im kleinbürgerlichen Jerusalem. Dann wiederum das harte, aber ungezwungene Leben in den Kibbuzim und die immerwährende Alarmbereitschaft an den nahen Grenzen. Das karge Dasein der Beduinen und die ausgelassene Lebensfreude der Badegäste am Roten Meer.

Mein Studienkollege Amin hatte einen Superabschluss in Filmregie, arbeitete aber seit Jahren als Seminarleiter für das Goethe-Institut in Tel Aviv. Er hatte seinerzeit meine Dreharbeiten unterstützt und war mit mir mehrmals durchs Land gereist.

Wenn man nach Israel flog, wurde das Einchecken zu einer Tortur. Humorlose israelische Sicherheitsbeamte fragten unerbittlich – *verhörten*, konnte man das ohne Übertreibung nennen. Warum reisen Sie, wohin, haben Sie Verwandtschaft in Israel, Herr Ehrenwerth? Wo wohnen Sie, wie lange bleiben Sie, haben Sie Ihren Koffer selbst gepackt? Hat Ihnen jemand etwas mitgegeben, haben Sie Ihr Gepäck irgendwo länger unbeaufsichtigt stehen lassen? Die penetrante zweifache Befragung zielte darauf, den Delinquenten in Widersprüche zu verwickeln. Nach Stunden saß ich endlich erschöpft im Flieger und dachte an meine Mission.

Grüß dich, Junge, rief Amin, fiel mir um den Hals und drückte mir fast die Luft ab. Während wir zu seinem alten Toyota Corolla spazierten, fluchte er über die unfähigen israelischen Autofahrer, so wie es alle hier taten. Blöd waren immer die anderen. In Yafo warf er mich aus dem Wagen. Er hatte einen Termin. Wir verabredeten uns für den Abend. Eine Minute später stand ich vor dem Haus.

Ich hatte ein altes, wackeliges Männchen im Kaftan mit Kefija auf dem Kopf erwartet, aber vor mir stand ein stattlicher, dynamischer Herr in einem eleganten zweireihigen Anzug. Mister Ehrenwerth, fragte er. You are Hamed's grandpa, sagte ich, call me Elias. Call me Gibril! Der alte Herr gab mir die Hand und ließ sich nur schwer davon abhalten, meinen Rollkoffer zu schleppen. Na ja, war ja mal sein Beruf gewesen, dachte ich.

Ein paar Minuten später machten wir uns zu Fuß auf den Weg zum Mittagessen. Wir zwängten uns zwischen stehenden Autos durch, in denen genervte Menschen saßen, die sinnlos hupten. Traffic jam everywhere. Israelis not good drivers. And Arabs?, fragte ich. Not better! Wir lachten. Er gefiel mir.

Man merkte ihm an, dass er begierig darauf war, reden zu können. All changed. Many new houses, for rich people. It was better before. Young men no work. Many problems. If you Arab, no job. First Israel, last Arab. They take our homes, now we are slaves in our own country. Es war mir bewusst, dass es in den nächsten Tagen fast ausschließlich um dieses leidige Thema gehen würde. Die bösen Juden, die unschuldigen Araber – beide Parteien waren uneinsichtig und sahen sich auf der Seite des Rechts. Immer wieder hatte ich in endlosen Diskussionen, selbstverständlich vergebens, meine Argumente eingebracht. Im Gegensatz zu den Juden begann für die Araber die moderne Zeitrechnung erst mit der *naqba*, der Katastrophe von 1948. Dass den Juden bereits im Jahr 1922 vom Völkerbund ein Heimatland versprochen worden war, dass dann die Schoah dazwischenkam, dass ihnen dann das Land ein zweites Mal von den Vereinten Nationen im Jahr 1948 zugesagt wurde, ignorierten die Araber. Ebenso die Tatsache, dass Israel wenige Stunden nach seiner offiziellen Gründung von fünf arabischen Armeen überfallen wurde.

Die Palästinenser sahen nur die Folgen dieses Krieges, den ihre Brüder, die arabischen Nationen, angezettelt hatten: Flucht, Vertreibung, Unrecht, der Flüchtlingsstatus. Aber heute verkniff ich mir jegliche Bemerkung in dieser Richtung.

Gibril ließ es sich nicht nehmen, mich ins Restaurant seines jüdischen Freundes Ilan einzuladen, wo er vor einer Woche einen Tisch auf der Terrasse mit Meerblick reserviert und danach täglich daran erinnert hatte, wie der Wirt lachend verriet. Es war Mittagszeit und das *Aladin* war gut besucht. Ohne zu fragen, bestellte der alte Herr Vor- und Hauptspeisen. Hamed hatte mir bereits in Berlin signalisiert, dass Einsprüche keine Aussicht auf Erfolg hätten.

Während des Essens redeten wir über das Leben in Europa und über die neue Zeit mit Internet und Mobiltelefonen. Ich vermied das Thema »Koffer«, denn es gehört sich im Orient nicht, mit der Tür ins Haus zu fallen. Ich wollte es dem alten Mann überlassen, wann er darauf zu sprechen kommen wollte.

Nach dem Mittagessen nahmen wir in seinem Haus noch den Kaffee (*Nespresso Arabica*). Wir saßen im Innenhof und Gibril erzählte, wie er schon als Kind hier gelebt hatte. Er berichtete von seiner verstorbenen Frau, seinen Söhnen, die er bereits überlebt hatte, und den vier Enkelkindern: von Hamed in Berlin, von Tamir, der Arzt war und der sich zurzeit in Jordanien befand, wo er sich um syrische Flüchtlinge kümmerte. Idriss hatte eine Speditionsfirma, belieferte das Westjordanland und litt täglich unter den Schikanen. Samira lebte mit Mann und drei Kindern in Haifa.

Dieser Anzug war im Koffer, sagte Gibril und zeigte mir die Jacke, die den Schick der dreißiger Jahre hatte. Herr Weinheber war für den Aufenthalt in einem heißen, orientalischen Land nicht ausgestattet, aber so mag es vielen Emigranten gegangen sein. He was my size back then, sagte der alte Mann.

Clothing, that's all?, fragte ich. Gibril reagierte zögerlich. It was papers, sagte er, documents, I show you. Während wir eine enge, gewundene Treppe hinabstiegen, die in einen Keller führte, sprach der Großvater weiter.

Das Schiff, erzählte er, war vom Lloyd Triestino, italienisch. *Adriana* oder so ähnlich. Es kam aus Genova. Frühling 1939. April oder Mai. Die Wellen waren hoch. Deshalb kam zuerst das Gepäck von Bord, musste aufgestellt werden am Pier. Dann, als das Meer ruhiger war, kamen die Passagiere. Ungefähr siebenhundert. From Germany and Austria. Als alle gegangen waren, blieb der Koffer zurück. Gibril hat ihn abgegeben, beim Zoll. Als keiner kam, durfte er ihn nach ein paar Wochen mitnehmen. Die Kleider hat er getragen, die Papiere hier unten gelagert.

In einem Sunlight-Seifenkarton lag obenauf ein Köfferchen aus schwarzem Krokoimitat und darin eine Remington-Portable-Reiseschreibmaschine. Darunter kamen Kuverts zum Vorschein, und am Boden des Kartons ein dicker Ordner mit Schleife. Ich bat ihn, den Karton ins Hotel mitnehmen zu dürfen. Die

Reiseschreibmaschine ließ ich zurück. Gibril wies noch mehrmals darauf hin, dass er keinesfalls die Absicht gehabt habe, die Sachen zu behalten. Er sei kein Dieb. Er habe seine Adresse beim Zoll hinterlegt und lange auf den Besitzer gewartet.

Es dauerte eine Weile, bis ich ihm klarmachen konnte, dass ich nie an so etwas, auch nur ansatzweise, gedacht hatte, ganz im Gegenteil. Ich sei froh und glücklich, dass er diese Erinnerungen aufgehoben habe.

Gibril zog sich schließlich zum Mittagsschlaf zurück, während ich zu meinem Hotel ging. Ich hatte darauf bestanden, nicht im Haus des alten Arabers zu wohnen. Ich hasste das Gefühl, irgendwo Gast zu sein. Die Familienpension war sauber, hell und freundlich und die jüdische Besitzerin stammte aus Rumänien und sprach ein paar Brocken Deutsch. Sie hatte Gibril schon gekannt, als der noch ein Mann in den besten Jahren gewesen war. Es gibt in diesem Viertel keine Spannungen zwischen den Arabern und den Juden, erklärte sie. Man liebe sich zwar nicht, aber man respektiere sich.

Als ich endlich in meinem kühlen Zimmer, nur mit Boxershorts bekleidet, auf dem frischen Laken lag und der Lärm der Straße heraufdröhnte, wäre ich allzu gern eingeschlafen, aber es gelang mir nicht. Ich stand auf. Ich war aufgeregt, als ich den kleinen, wackligen Tisch freiräumte und begann, Weinhebers Schätze zu begutachten …

Lenka

Jeder sensible Mensch muss sich wie ein Eindringling vorkommen, wenn er unerwartet die private Korrespondenz eines Unbekannten in den Händen hält. Nicht anders erging es mir, als ich ein von einer Schnur zusammengehaltenes Bündel mit Briefen entdeckte, die alle sorgfältig in Kuverts steckten und an Dr. Leonard Weinheber in Wilmersdorf gerichtet waren. Ich hatte schon ein schlechtes Gewissen, wenn ich mir auf Flohmärkten alte Ansichtskarten ansah und hin und wieder die Texte las. Da war von schönen Ferien die Rede, aber auch von den Sorgen um die Mutter, von Kriegseindrücken, von Hoffnung und Trauer. Hier aber, mit den Briefen an Leonard Weinheber vor der Nase, ging es um das Leben eines Verschwundenen, das gleichsam rekonstruiert werden sollte. Ich entnahm den ersten Brief und blätterte ihn vorsichtig auf. Eine typische Mädchenschrift kam zum Vorschein:

Charlottenburg, den 12. März 1931

Sehr verehrter Doktor Weinheber,

Sie können es gar nicht ermessen, welche Freude es für mich war, Sie in der ersten Reihe zu entdecken. Hätten Sie doch vorher nur ein Wort gesagt! Wie gern hätte ich Ihnen eine Premierenkarte zukommen lassen. Auch Debütantinnen haben Anspruch auf ein, wenn auch bescheidenes, Kontingent. Wie dem auch sei, es war höchst erfreulich, Sie im Saal zu wissen, und hat mein Spiel beflügelt. Auch daß Sie mich hinterher mit so vielen Komplimenten bedachten, trotz meiner kleinen Rolle, hat mich glücklich gemacht. Gern wäre ich Ihrer Einladung in ein Nachtlokal gefolgt, aber Sie haben es ja mit Ihren eigenen Augen sehen können, was sich nach dem letzten Vorhang hinter der Bühne abspielte. Ich durfte meine Kollegen und besonders meine liebe Mama nicht enttäuschen und mußte der Premierenfeier im Malersaal beiwohnen. Aber ich verstehe auch, daß Sie nicht länger bleiben mochten. Ich freue mich sehr, wenn Sie sich, wie vereinbart, bei mir melden. Bis dahin bin ich stets von Herzen Ihre Helene Rosenblum

PS In der Vossischen erschien heute eine kleine Notiz: »Besonders zu erwähnen ist die Leistung der jungen Helene Rosenblum, die ein zwar vorlautes, aber dabei doch durchaus liebenswertes Dienstmädel gab. Georges Feydeau hätte seine Freude gehabt.«
(Seite 8, falls Sie es im Original lesen möchten)

Helene hieß sie also. Ich betrachtete die weiteren Absender auf den Umschlägen: Helene, Lene, Lenka Rosen, L.R. Ich nahm einen weiteren Brief aus dem Bündel.

Charlottenburg, 15. Oktober 1932
Lieber Doktor Weinheber,
haben Sie herzlichen Dank für das Vertrauen, welches Sie mir entgegenbringen. Wie Sie sich denken können, habe ich Ihr Manuscript sofort zu lesen begonnen und konnte nicht aufhören damit. Es hat mich über viele Stunden nicht mehr losgelassen. Ihr Roman besitzt eine solche Tiefe und eine Wahrhaftigkeit, daß es mir den Atem verschlägt. Ich habe nie an Ihrem Talent Zweifel

*gehabt, aber es hat mir noch einmal Ihre
Qualität als Schriftsteller verdeutlicht.*

*Sich in Figuren wiederzufinden, selbst wenn sie
vom eigenen Leben weit entfernt sind, ist wohl
das größte Lob, das ich Ihnen machen kann.
Natürlich hat mich Ihr Buch aber auch über alle
Maßen traurig gemacht und das Schicksal der
Protagonisten geht mir sehr nah. Alles, was ich
Ihnen darüber hinaus sagen möchte, würde ich
gern persönlich tun. Wenn Sie mir die Freude
machten, mich am Sonnabend ab 16 Uhr in der
Sybelstraße Nummer 5, in der zweiten Etage zu
besuchen? Falls Sie schlesischen Käsekuchen
mögen …*

*Vermutlich haben Sie Recht, daß solch ein
Roman mit diesem Thema dieser Tage kaum
Chancen hat, verlegt zu werden, aber, lieber
Doktor, bleiben Sie optimistisch, es kommen
auch wieder bessere Zeiten.*

*Ich würde mich <u>sehr</u> freuen, von Ihnen zu hören.
Stets Ihre Lene R.*

Langsam wurde die Chronologie deutlich. Ich
entnahm zwei weitere Briefe.

Lieber Leonard,

glauben Sie mir, ich bin in meinen Gedanken bei Ihnen! Es ist Unrecht, das Ihnen widerfahren ist. Eine Tragik ist die Tatsache, daß ein angesehener Verlag gezwungen wird, seine jüdischen Autoren zu verleugnen. Nur um nicht in Ungnade zu fallen. Sie minimieren uns Juden scheibchenweise. Aber, so gut kenne ich meine Deutschen, irgendwann werden sie genug haben von den Nazis und sie davonjagen! Was kann ich denn tun, um Ihre Schwermut vergessen zu machen? Wie wäre es, wenn wir hinausführen zum Wannsee? An einem gemeinen Werktag! Nur wir beide. Leonard, ziehen Sie sich nicht zurück, ich flehe Sie an. Sie sind ein überaus talentierter Schriftsteller und werden eines Tages auch den Erfolg haben, der Ihnen gebührt. Ich verehre Sie und würde mich über eine kurze Nachricht aufrichtig freuen.
Ihre Lene
PS Der junge Mann, mit dem Sie mich kürzlich am Savignyplatz sahen, war mein Cousin Martin!

Mein liebster Leo,

ja, Du hast Recht. Es ist erschütternd, was sich da auf dem Kudamm abgespielt hat, und es ist eine Schande, daß friedliche Bürger von SA-Rüpeln auf offener Straße verhauen werden, ohne daß jemand eingreift. Ich verstehe, daß es Dir nahgeht, zumal ausgerechnet Dein Onkel Siegfried bei der Prügelei ein blaues Auge davongetragen hat. Aber immerhin hat die Polizei daraufhin eiligst Aufmärsche der SA verboten. Ist das nicht ein gutes Omen? Ich werde auf jeden Fall nicht so ohne weiteres die Segel streichen. Ruth Gerson, Du weißt schon, die Kleine, die wir mal im Kintopp getroffen haben, hat sich inzwischen ebenfalls in der Meineke 10 angemeldet, um nach Palästina auszuwandern, aber ich werde meine Heimat nicht dieser Bande überlassen! Leo, wenn im nächsten Jahr die Olympiade kommt, wird sich alles bessern und dann darfst Du wieder veröffentlichen und ich kann wieder auf die Bühne. Du wirst es sehen.

Es küßt Dich innigst, Deine

Lenka

Mein Handy klingelte. Amin war dran. Jetzt hätte er Zeit. Ob ich nicht Lust hätte, an den Strand zu kommen? Warum eigentlich nicht, dachte ich, wenn ich schon mal hier bin.

Wir lagen im Sand vor den Mauern der Altstadt und sprachen über Weinhebers Koffer. Ich berichtete von den Briefen, von einer Liebe zwischen einer jungen jüdischen Schauspielerin und einem jüdischen Intellektuellen in den Dreißigern, die sich kontinuierlich entwickelt hatte. Amin fiel es schwer, sich in diese Zeit in Deutschland hineinzuversetzen. Was ihm allerdings besser gelang, war das Gefühl zu formulieren, wenn man zum Ausgestoßenen wurde. Er kannte das sowohl aus Israel als auch aus Deutschland. Das waren die Ursachen für seinen Trotz, sein Misstrauen und seine Ängste. Hier war er für die Mehrheitsgesellschaft ein Araber, also minderwertig, und in Deutschland brauchte er nur seinen Namen zu nennen, um keine Wohnung oder keinen Job zu bekommen. Er fühlte sich ebenso herumgeschubst wie ein Jude in den Dreißigern.

Das kannst du nicht vergleichen. Hier hast

du das volle Bürgerrecht, du kannst überall hin. Kannst dein Recht notfalls einklagen. Juden durften irgendwann kein Geschäft mehr haben, nur noch zu bestimmten Zeiten einkaufen oder mit der S-Bahn fahren. Sie durften nicht mehr ins Kino, mussten ihre Radios abgeben. Und ihre Haustiere. Stell dir das vor! Am Ende mussten sie in sogenannten Judenhäusern leben und ihr Besitz wurde eingezogen.

Okay, sagte Amin, das ist schrecklich, aber was wir gemeinsam haben mit den Juden von damals, ist die Verachtung. Ich setzte mich auf. Was tut ihr denn, um nicht verachtet zu werden? Wo sind denn die arabischen Intellektuellen, die offen das Existenzrecht Israels anerkennen und die Angriffe aus Gaza verdammen? Solange die Angst vor den eigenen Leuten den Alltag diktiert, wird sich nichts ändern. Amin lächelte. Immer noch der alte Elias, meinte er, immer auf Streit gebürstet.

Die blutende Stadt

Den Abend verbrachten wir in einem Restaurant am Dizengoff Boulevard, gemeinsam mit Amins Freundin Leila, die er mir unbedingt vorstellen wollte. Sie war von herber Schönheit. Charme war ihre Sache nicht. Sie studierte Medizin in Jerusalem. Das Gespräch kreiste zwangsläufig um den alten Koffer und den Verbleib seines geheimnisvollen Besitzers. Von dem wusste ich nun inzwischen, dass er ein Schriftsteller gewesen war und es in seinem Leben eine junge Schauspielerin namens Helene Rosenblum gegeben hatte, die sich später Lenka Rosen nannte. Da beide jüdisch waren, hatten sie im Berlin der Nazizeit keine Chance, sich beruflich zu entwickeln. Amin riet mir, zur Hafenbehörde zu gehen, um die alten Passagierlisten einzusehen.

So könne ich unter Umständen herausfinden, ob denn dieser Weinheber tatsächlich an Bord gegangen war. Es könnte ja möglich sein, dass er zwar seinen Koffer aufgegeben, dann aber das Schiff versäumt oder bewusst die Überfahrt nicht angetreten hatte. Warum sollte jemand das tun?, fragte ich. Darauf hatte Amin keine Antwort.

Wieder im Hotelzimmer, nahm ich mit Herz-klopfen die Unterlagen aus dem Seifenkarton. Ich legte das Bündel mit den Briefen zur Seite und besah mir den Ordner, der mit einer Schleife zugebunden war. Ich öffnete ihn vor-sichtig und entdeckte ein Manuskript, auf dün-nem weißem Seidenpapier mit Schreibma-schine geschrieben. Behutsam entnahm ich die ersten Seiten. Es war der Beginn eines Ro-mans mit dem Titel

Die blutende Stadt
Roman von Leonard Weinheber
© September 1931

Ich hatte sofort die Vermutung, dass dies das Manuskript sein könnte, das Lenka in einem ihrer Briefe erwähnt und das sie so sehr be-

rührt hatte! Ich nahm die nächste Seite und begann zu lesen …

Anmerkung des Autors:
»Die antisemitische Saat ist aufgegangen«, schrieb
der »Vorwärts« am 8. November 1923 in seinem
Leitartikel. »Berlin hat sein Judenpogrom gehabt.
Berlin ist geschändet worden. Eine Schmach für
ein Volk, das sich zu den zivilisierten zählt.«
Das folgende Roman-Manuscript behandelt u. a.
die Vorgänge, die sich am 5. November 1923 im
Berliner Scheunenviertel ereigneten, und deren
Folgen. Die handelnden Charaktere sind frei er-
funden, jegliche Ähnlichkeit mit lebenden oder
toten Personen ist nicht beabsichtigt und wäre
rein zufällig.

1. Kapitel

Armut und Elend, wohin er auch blickte. Trotz
dessen wurden die Agitatoren in der Politik und
der einschlägigen Presse nicht müde zu behaup-
ten, die Juden seien durchweg wohlhabend und

einflußreich, dachte Abraham Friedländer, als er die Münzstraße mit raschem Schritt überquerte. Die jüdischen Ausbeuter, die Blutsauger! Das internationale Finanzjudentum! Hier war es zu besichtigen. Was man im Scheunenviertel zu sehen bekam, ließ jeden Menschen die Wahrheit erkennen und keinerlei Zweifel aufkommen: Bitterste Not überall! Jüdisches Proletariat! Verhärmte Frauen boten Brennholz, fauliges Obst oder sich selbst feil, Männer im abgerissenen Kaftan liefen einem hinterdrein, um eine fadenscheinige Hose zu preisen, die sie in den Händen hielten, zerlumpte Kinder mit Schläfenlocken reckten ihre schmutzigen Händchen und bettelten ungeniert um ein paar Groschen. An der Ecke verkaufte eine Alte gebrauchte Gebisse! Das also war das Ziel der jüdischen Sehnsüchte! Die Erfüllung des Traums von der großen Stadt. Ein Teil von ihr sein, um die kleine Stadt im Osten vergessen zu machen.

Diese erbärmlichen Kreaturen hatten lediglich das Ghetto gewechselt. Aus den Träumen erwachend, fanden sie sich in einem noch elendigeren Elend wieder. Denn obgleich sie sich unter den ihrigen bewegten und das Viertel durch keine Mauer von der übrigen Welt abgetrennt war, gab es doch eine unsichtbare Palisade, die sie die Gefangenschaft spüren ließ: Die unwirtliche Gesellschaft dort drüben war nicht bereit, sie als gleiche Menschen unter den Menschen anzuerkennen, und würde es niemals sein. Aus diesem Grunde war es nicht von Belang, ob sie armselig waren. Sie waren Juden und das genügte, sie als aussätzig zu brandmarken. Es war aber auch nicht zu leugnen, daß diese erbärmlichen Gestalten bei ihren etablierten Glaubensbrüdern ebenfalls nicht gut angesehen waren. Kam es zu Ausschreitungen oder offenen Haßbezeugungen durch den marodierenden Pöbel, hieß es in den besseren jüdischen Kreisen des Berliner Westens: Die meinen nicht uns, die meinen diese Kaftanjuden. Die ruinieren noch unseren guten Ruf. Als hätten Juden von jeher einen guten Ruf gehabt!

Das Haus Nummer vierunddreißig A in der Linienstraße war ein heruntergekommenes Gebäude. Der junge Anwalt durchschritt rasch den Hofgang, in dem es nach Urin und Unrat stank.

Eine Ratte kreuzte seinen Weg, verharrte eine Sekunde, um dann blitzschnell im Schatten zu verschwinden. Das zweigeschossige Hofgebäude machte einen noch schäbigeren Eindruck als das Vorderhaus. Im Erdgeschoß waren jüngste Zerstörungen noch gut zu erkennen. Überall lagen Scherben, zersplittertes Holz. Zwei ärmlich gekleidete Kinder spielten Fangen. Friedländer fragte sie freundlich nach der Wohnung der Familie Kimmel und sie zeigten wortlos hinauf zum zweiten Stock. Die Haustür stand offen, Friedländer schritt rasch eine steile, ausgetretene Stiege nach oben. Im zweiten Stock angekommen, klopfte er an eine Tür. Eine knochige Frau öffnete.

»Guten Tag, gnädige Frau«, sagte der junge Anwalt und lupfte seinen Hut. Frau Kimmel war sprachlos und über die Maßen aufgeregt, daß solch ein vornehmer Herr hier bei ihnen auftauchte, und rief mit heiserer Stimme nach ihrem Mann. »Motek!«

Wenige Minuten später saß Friedländer mit dem Ehepaar Kimmel am Küchentisch und machte ihnen sein Angebot. Herr Kimmel war ein Mann von siebenunddreißig Jahren, der wesentlich älter aussah, zurückzuführen auf die Wunden, die ihm seine Gegner, vor allem aber das Leben geschlagen hatten.

»Herr Doktor Friedländer«, begann Kimmel, nachdem er aufmerksam den Ausführungen des Anwalts gelauscht hatte, »ich weiß Ihr Angebot zu schätzen und auch die Tatsache, daß Sie mir Ihre anwaltlichen Dienste kostenlos zur Verfügung stellen wollen, aber dennoch muß ich ablehnen. Ich suche erst gar nicht nach Ausflüchten, sondern bekenne es klar heraus: Mir ist bange! Wenn wir vor Gericht gingen und wenn wir mit Gottes Hilfe den Prozeß gewinnen würden, so müßte ich dennoch weiterhin mit meiner lieben Frau und meinen Kindern hier leben und mich tagein, tagaus ängstigen.

Wir alle wären den Angriffen, die gewiß aus Rachsucht folgen würden, ohne jeden Beistand ausgeliefert. Vergessen Sie nicht, mein Herr, daß selbst Schutzleute dem Treiben tatenlos zusahen.«

Der Anwalt schwieg für einen kurzen Augenblick, dann sagte er: »Genau darum geht es, werter Herr Kimmel! Wir werden heute und in

Zukunft nichts ändern, wenn wir uns nicht wehren. Man hat Sie geschlagen, man hat Sie entwürdigt. Meinen Sie nicht, Sie wären Ihren Kindern eine aufrechte Gesinnung schuldig? Wo bleibt Ihre Ehre?«

»Sie mögen gewiß Recht haben, Herr Anwalt, jedoch Ehre«, sagte Kimmel niedergeschlagen, »können wir uns nicht leisten!« Er erhob sich, griff sich nervös mit einer Hand in den Nacken, ging zum Fenster, schaute sorgenvoll hinüber auf das graue Vorderhaus. Friedländer sah ihn nachdenklich an – diesen gebrochenen Menschen, wie er da stand. So hoffnungslos, so verletzt. Aber der Anwalt konnte ihn nicht zwingen, seine Rechte einzuklagen. Man hatte ihn verprügelt, man hatte seinen winzigen Kurzwarenladen zerschlagen, ihn seiner Existenz, wenn dieser Begriff denn je angebracht war, beraubt. Und er kannte sogar die Täter beim Namen. Täglich kamen sie grölend aus der Kneipe gegenüber. Lachten und spotteten über ihn und drohten ihm frech.

»Sie können mir ja nicht zusichern, daß wir diesen Prozeß gewinnen«, sagte Kimmel leise und kam zum Tisch zurück, wo er stehen blieb.

»Nein«, erwiderte Friedländer daraufhin, »das kann ich nicht. Recht haben heißt nicht, Recht bekommen. Besonders in der heutigen Zeit, wo man uns Juden wieder alles Erdenkliche ankreidet. Früher war es die Pest, heute ist es die Inflation. Nein, Herr Kimmel, ich kann Ihnen nichts garantieren. Aber wer es nicht versucht, hat bereits verloren.« Damit begann er die Unterlagen einzusammeln, die über den Tisch verstreut lagen. Herr Kimmel begann wie ein Raubtier in der kargen Stube auf und ab zu laufen.

Frau Kimmel sah zuerst zu ihrem Mann, dann zu dem Anwalt. »Wir sollten es tun«, sagte sie plötzlich, und an ihren Mann gewandt fuhr sie fort: »Herr Doktor Friedländer hat Recht. Wir sind es uns und unseren Kindern schuldig, daß wir uns zur Wehr setzen. Wenn wir uns weiterhin kleinmachen, bleiben wir für immer klein!«

Herr Kimmel hielt inne und nickte dann kaum merklich.

Der preußische Oberlandesgerichtsrat Dr. jur. Ferdinand Uppenhoven schien aufgebracht, als er mit langen Schritten den Ecktisch ansteuerte.

Er warf seine Aktentasche auf einen freien Stuhl, zog den nächsten heran und setzte sich rasch. Bevor Friedländer etwas sagen konnte, hatte sich Uppenhoven verschwörerisch zu seinem zukünftigen Schwiegersohn hinübergebeugt und leise, aber scharf gefragt:

»Sind Sie noch bei Sinnen?«

»Möchten Sie einen Kaffee?«, fragte Friedländer.

»Was bilden Sie sich ein?«

»Dann vielleicht lieber Tee?«

»Ihnen wird Ihre Dreistigkeit noch vergehen!«

»Was meinen Sie«, fragte der junge Anwalt mit unschuldigem Blick, obgleich er bereits eine Vermutung hatte, was den Alten dermaßen in Rage versetzt haben mußte.

»Wie können Sie es wagen, solch einen skandalösen Prozeß führen zu wollen? Sie desavouieren mich! Wie stehe ich jetzt da, vor meinen geschätzten Kollegen? Sie haben die Stirn, einen kleinen jüdischen Krämer zum Ankläger zu machen, dem man angeblich Unrecht getan hat? Eine Prügelei unter Nachbarn und die Sachbeschädigung eines sogenannten Ladengeschäftes. Lächerlich! Ein paar Habseligkeiten sind ihm zu

Bruch gegangen. Na und? Wertloser Müll! Und nicht genug, verklagen Sie auch noch die Polizei! Also den Staat! Uns alle! Wegen unterlassener Hilfeleistung! Sind Sie von allen guten Geistern verlassen, mein Herr? Haben Sie vergessen, wer Sie sind und wo Sie herkommen, Abraham Friedländer? Und wem Sie das letztendlich zu verdanken haben, trotz Ihrer fragwürdigen Herkunft? Das haben wir nun von unserer Großzügigkeit! Das sind die Früchte der sogenannten Demokratie! Zeigen Sie gefälligst Demut, wenn Sie noch einen Funken Ehre im Leib haben!«

Der junge Mann blieb ruhig und schaute dem aufgebrachten, schwer atmenden Mann, der ihm gegenübersaß, tief in die Augen.

»Wir fordern lediglich unser Recht!«

»Unser Recht? Gewiß, man hat es Ihnen zugestanden, schlimm genug, aber es ist beileibe nicht IHR Recht, mein Herr!

Es ist das deutsche Recht, welches man Ihnen und Ihresgleichen gnadenvoll gewährt und welches Sie mit Füßen treten! Hüten Sie sich, den Bogen zu überspannen. Unsere Gesetze sind dafür nicht gemacht, daß jeder hergelaufene galizische Kleinganove es für sich in Anspruch nehmen kann. Das Recht ist für den da, der es erkämpft hat und der es sich verdient.«

»Die Verfassung sagt, daß jeder vor dem Gesetz gleich zu sein hat. Und sie macht keinen Unterschied zwischen einem Landgerichtsrat und einem jüdischen Krämer. Falls Sie jedoch anderer Meinung sein sollten, werter Herr Schwiegervater, dann erkläre ich Sie hiermit für befangen und nur bedingt verfassungstreu!«

Uppenhoven schlug mit der flachen Hand auf den Tisch. Er sprang auf und dabei fiel sein Stuhl um, so daß alle Gäste im Lokal zu ihm herüberschauten.

»Berufen Sie sich nicht auf diese sozialistische Verfassung! Auf das Machwerk der Bolschewisten und anderer Staatsfeinde. Es gibt ein Recht, welches weit darübersteht: das ewige deutsche Recht!

Und was den Schwiegervater betrifft, machen Sie sich keine Illusionen. Eher stecke ich meine einzige Tochter in ein Nonnenkloster, bevor ich sie Ihnen, einem jüdischen Winkeladvokaten, zur Frau gebe. Guten Tag, mein Herr!«

Mit diesen barschen Worten nahm der Preußische Landgerichtsrat Dr. jur. Ferdinand Uppenhoven seine Aktentasche und ging seiner Wege.

Friedländer schien keineswegs überrascht. Er
hatte schon vor ein paar Monaten seiner jungen
Braut prophezeit, daß ihr Vater die nächstmög-
liche Gelegenheit ergreifen würde, um eine
Hochzeit zu verhindern. Auch wenn er es seiner
Tochter gegenüber nicht zugeben mochte, war
er doch Antisemit. Er war sogar ein anständiger
Antisemit, wie Friedländer es nannte. Einer, der
zwar »nichts gegen Juden hatte«, aber sie in seiner Familie, seiner Stadt und schließlich seinem
Land nicht dulden wollte. Einer, der Juden als
Fremdkörper wahrnahm. Er fand sich damit in
der Tradition des klassischen Bürgertums wieder,
denn der Judenhaß war ein Empfinden, das zutiefst der Mitte des deutschen Volkskörpers ent-
sprang. Besonders jene waren davon infiziert, die
persönlich Juden nicht näher kannten.

Antisemitismus gründete auf den gern ge-
glaubten Gerüchten über die Juden. Es ließ Friedländer schier verzweifeln, daß auch fundierte
Fakten Judengegner nicht überzeugen konnten.

War das Judentum nicht die Religion der Vernunft, der Toleranz, des Friedens? Hieß nicht Jude zu sein, Mensch zu sein? War nicht Jesus ein Jude, so wie alle an jenem Ort zu jener Zeit? Egal, es war vergebens.

In Jakob Wassermanns geradezu prophetisch zu nennendem Werk »Mein Weg als Deutscher und Jude«, welches Friedländer vor einigen Monaten gelesen hatte, schrieb der bekannte Dichter unter anderem: Bei der Erkenntnis der Aussichtslosigkeit der Bemühung wird die Bitterkeit in der Brust zum tödlichen Kampf. Es ist vergeblich, das Volk der Dichter und Denker im Namen seiner Dichter und Denker zu beschwören. Jedes Vorurteil, das man abgetan glaubt, bringt, wie Aas die Würmer, tausend neue zutage. Es ist vergeblich, die rechte Wange hinzuhalten, wenn die linke geschlagen worden ist. Es macht sie nicht im Mindesten bedenklich, es rührt sie nicht, es entwaffnet sie nicht: Sie schlagen auch die rechte. Es ist vergeblich, für sie zu leben und für sie zu sterben. Sie sagen: Er ist ein Jude.

Und wie Friedländer so seinen Gedanken nachhing, die anderen Gäste inzwischen den Vorfall vergessen hatten, erschien mit einem Mal Brigitta im Kaffeehaus und stand vor seinem Tisch. Anfangs lächelte sie, doch dann spürte sie ein Unbehagen:

»Liebster! Was ist los? Ist dir eine Laus über die Leber gelaufen?«

»Ja«, sagte er, erhob sich, gab ihr ein Küßchen auf die Wange und rückte ihr den Stuhl zurecht. »Eine große Laus, auf zwei Beinen!«

Im Frühstücksraum des Hotels saß lediglich ein Pärchen aus den USA, das mich freundlich grüßte. Ich bediente mich an dem landesüblichen ausladenden Büfett, das frisches Obst, unterschiedliche Joghurts, Müslis, Gemüse, Eier und Marmeladen bereithielt. Ich griff mir die *Jerusalem Post*, warf nur einen kurzen Blick hinein, während ich das Frühstück einnahm. Zu sehr entführten mich die Gedanken zu Weinhebers aufrüttelndem Manuskript.

Der alte Gibril und ich nahmen den Bus und fuhren zur Hafenmeisterei von Yafo, wo es meines halb legalen Presseausweises bedurfte, ins Archiv eingelassen zu werden. Endlich saßen wir an einem Tisch und blätterten in den Listen der Monate April und Mai 1939. Tatsächlich hatte am 29. April die *Adriatica* um 18.00 h von Marseille abgelegt, war zwei Tage später, nach einem Zwischenstopp in Genua, Richtung Palästina ausgelaufen und hatte am Morgen des 3. Mai vor Yafo, das damals noch Jaffa genannt wurde, die Anker geworfen. Aufge-

regt fuhr ich mit dem Zeigefinger die Namens-
listen entlang, bis ich zu meiner Freude auf
den Namen Weinheber, Leonard, age 34, stieß.
Es gab ihn also wirklich und er war mit dem
Schiff nach Palästina gekommen! Ich ballte
die Faust. We made it! Ich umarmte den alten
Mann neben mir so heftig und spontan, dass
dieser verlegen lächelte.

Ich war erregt und konnte meinen Elan kaum
zügeln, als ich Amin beim Mittagessen die Kopie der Passagierliste zeigte, die man mir gegen
einen Betrag von zwei Schekel ausgehändigt
hatte. Er war an Bord, sagte ich, aber wann ist
er von Bord? Und warum hat er seinen Koffer
nie abgeholt? Vielleicht ist er in Genua unbe-
merkt an Land, sagte Amin, vielleicht hatte er
Heimweh. Alles möglich, meinte ich, wir werden es herausfinden. Amin lächelte. Du bist
der geborene Detektiv. Heute ist ein herrlicher
Tag, rief ich, lass uns noch einen von diesen
maßlos überteuerten Cocktails trinken. Wai-
ter! בבקשה bewakascha!

Es gab sieben Personen, die infrage kamen. Sieben Passagiere, damals zwischen fünfzehn und zwanzig, die noch leben und sich gegebenenfalls an Weinheber erinnern könnten. Die anderen waren wahrscheinlich inzwischen verstorben oder damals noch Kinder, denen ein Mann wie Weinheber nicht aufgefallen wäre.

Die weiblichen Teenager Elisabeth Kahn, Therese Breitmann, Caroline Mayer hatten vermutlich geheiratet und trugen heute andere Namen. So fing ich, als auf meinem Macbook das Telefonbuch von Israel erschien, mit den vier Männern an. Personen mit populären Namen wie Guttmann oder Schwarz zu finden, war so gut wie unmöglich, und so gab ich nach einigen Fehlversuchen auf. Auch bei Harald Blumenstiel hatte ich keinen Erfolg, vielleicht nannte er sich inzwischen anders.

Pinkas Groll! Er gab mir Hoffnung, und als ich das monotone Telefonklingeln in einem Haus in Ra'anana hörte, war ich aufgeregt. Das Jagdfieber hatte mich gepackt. Eine Frauenstimme war zu vernehmen und ich fragte auf Englisch, ob denn Herr Groll zu sprechen sei.

My father died seven years ago, sagte die Frau. I'm sorry, sagte ich enttäuscht, have a nice day.

Also begann ich mich der jungen Damen anzunehmen. Schließlich blieb nur noch Cary Mayer, Jerusalem, übrig. Hatte Caroline womöglich ihren Namen geändert? Zugegeben, ich war nicht sonderlich hoffnungsvoll, als ich dem Läuten lauschte. Hello, sagte eine Frau. Hi, sagte ich, I'm coming from Germany and …

Schon gut, unterbrach die Frau, wir können Deutsch reden. Sind Sie Caroline Mayer?, fragte ich. Die war ich mal. Und wer sind Sie bitte schön? Ich vernahm den Berliner Dialekt und mein Herz schlug bis zum Hals, als ich weitersprach: Ich heiße Elias Ehrenwerth. Ich recherchiere zurzeit das Schicksal eines Herrn Weinheber, der womöglich mit Ihnen auf demselben Schiff war, im Jahr 39 … Wissen Sie, sagte die Frau, ich höre am Telefon schlecht. Sind Sie in Israel? Ja. Wo? In Yafo, schrie ich. Gut, dann kommen Sie doch zu mir nach Jerusalem, dann können wir reden. Aber beeilen Sie sich, ich bin nicht mehr die Jüngste! Ich musste grinsen.

Cary

Lisa hatte nicht daran gedacht, dass wir hier in Israel zwei Stunden voraus waren, und so klingelte gegen Mitternacht mein Handy und ich fuhr aus dem Schlaf hoch. Bevor ich zu Bett gegangen war, hatte ich versucht, sie zu erreichen, und ihr einige Neuigkeiten auf die Mailbox gesprochen.

Bist du schon im Hotel?, fragte sie und ich bejahte. Ich habe dich doch nicht etwa geweckt?, wollte sie dann wissen und ich log. Nein, sagte ich, ich sitze noch über Dr. Weinhebers Hinterlassenschaft. Mann, fuhr sie fort, das hört sich ja echt spannend an. Ja, es ist eine Art Schnitzeljagd. Wie geht es Amin?, fragte sie weiter. Gut, sagte ich, er ist verliebt in eine gewisse Leila! Wie sieht sie aus?, fragte Lisa sofort misstrauisch. Sie war Miss Israel und dreht jetzt Pornos, sagte ich gezielt beiläufig.

Ich spürte, wie sie schlucken musste. Nein, sie ist weder schön noch charmant. Sie ist eine spröde Medizinstudentin aus Jerusalem. Jerusalem! Lisa wurde erneut hellhörig. Fährst du da nicht morgen hin? Ja, sagte ich, aber mein Date ist neunzig.

Als ich am nächsten Morgen im 405er Egged-Bus von Tel Aviv nach Jerusalem saß, war ich entspannt. Ich hatte die Jalousie etwas heruntergezogen, weil mir die Morgensonne ins Gesicht schien, und sah durch das dünne Netz die vorbeiziehende Landschaft. Wenig Grün, viel Sand. Dazwischen lieblose Gewerbegebiete. Dann wieder Leere. Amin hatte entschieden, mich nicht nach Jerusalem zu begleiten – er hatte mich am zentralen Busbahnhof abgesetzt und mich meinem Schicksal überlassen. Mir war das nur recht. Ich war davon überzeugt, dass die alte Dame zutraulicher wäre, wenn ich allein käme, ohne einen Araber. Das hatte ich Amin verschwiegen, um ihn nicht zu kränken. Möglicherweise hatte er das Gleiche gedacht. Zuzutrauen war es ihm. Mit einer kurzen Umarmung hatten wir uns vorhin verabschiedet.

Dann hatte ich mich in die unvermeidliche Schlange vor dem Sicherheitscheck am Eingang zum Busterminal gestellt. Solche Beschwernisse waren nun mal alltäglich in Israel und der Preis für seine Existenz.

Neben mir saß eine junge, fromme Jüdin, die ein kleines Gebetbuch in den Händen hielt und ununterbrochen hebräische Worte murmelte. Das kannte ich bisher nur von frommen Männern, die sich dabei auch noch vor und zurück bewegten. Na ja, dachte ich, die Emanzipation macht vor nichts Halt!

Ich trat aus dem Terminal auf die belebte Straße und bekam einen Schock! Was war aus Jerusalem geworden? Eine Straßenbahn hatten sie gebaut und dafür alte Gebäude niedergerissen und die halbe Stadt zubetoniert.

Der Taxifahrer fluchte, als vor ihm eine Gruppe orthodoxer Juden mitten auf der Straße lief, ohne sich am Verkehr zu stören. They are our holy cows!, sagte er aggressiv. Irgendwann später, in einem nicht enden wollenden Stau, riet er mir, auszusteigen und die dreihundert Meter zur Ovadia Street zu Fuß zu gehen.

Das Haus, in dem Cary Mayer lebte, befand sich in einer schmalen Seitenstraße. Es machte einen heruntergekommenen Eindruck. Auf dem Gehsteig arbeitete sich eine Baumwurzel durch den Asphalt und wurde so zum Hindernis, am Eingang fehlten Pflastersteine. Drei kleine Jungen mit Schläfenlocken und einem Basketball stürmten rücksichtslos an mir vorbei nach draußen, als ich den kühlen Hausflur betrat.

Frau Mayer wohnte im Erdgeschoss und stand in der Tür. Kommen Sie rein, sagte die alte Dame, die einen rüstigen Eindruck machte, es ist schrecklich geworden hier. Kerem Avram war ein nettes, solides, gutbürgerliches Viertel mit vielen Jeckes. Sie wissen, was Jeckes sind? Ja, deutsche Juden, sagte ich.

Die Frommen übernehmen Straße um Straße, fuhr Cary Mayer fort. Sobald irgendwo eine Wohnung frei wird, melden sie es ihrem Rabbi, und schon zieht eine orthodoxe Familie ein. Egal, wie hoch die Miete ist. Ich bin das einzige Überbleibsel hier im Haus, was kann man machen. Die Frommen gehen in die Kindergärten und in die Schulen, sogar in die staatlichen, und beeinflussen die Kinder. Die kommen dann heim und fragen:

Mama, warum essen wir nicht koscher? Einer in der Nachbarschaft hat geklagt dagegen. Jetzt erlebt er täglich Terror und wird bedroht. Mal sehen, was dabeirauskommt.

Sie schloss die Tür und schlurfte vor mir in die Küche, wo bereits eine Teekanne, zwei Tassen und Kekse standen. Setzen Sie sich, sagte Cary, Tee? Gern, antwortete ich nicht ganz wahrheitsgemäß und nahm Platz. Die alte Dame schien froh zu sein, endlich mal wieder Deutsch, ja Berlinerisch sprechen zu können, und ihr Mitteilungsbedürfnis schien nicht enden zu wollen. Sie strahlte Selbstbewusstsein aus, kannte wohl keine Schüchternheit und hatte Mutterwitz. Trotz ihrer neunzig Jahre war sie nahezu faltenlos, hatte ein pfiffiges Gesicht, eine markante Nase, große neugierige Augen und eine Bubikopf-Frisur. Sie berichtete, dass sie nach ihrer Ankunft in Palästina einen Job bei der englischen Militärverwaltung ergattern konnte, der sie während des Kriegs nach Kairo, Amman, Damaskus und Bagdad geführt hatte.

Einmal, so erzählte sie weiter, hatte ich ein Camp im Sinai zu organisieren. Wir wollten uns auf den Fall vorbereiten, dass die Deutschen unter dem Kommando von General Rommel über den Suezkanal kämen. Ich trug damals noch keine britische Uniform und befehligte eine Truppe von arabischen Hilfskräften, die Zelte aufbauten und die Soldaten der Vorhut mit Essen versorgten. Eines Abends flog General Montgomery mit seinem Stab ein, um sich vom Fortgang der Arbeiten zu überzeugen.

Sein Adjutant kam nach dem Dinner ins Küchenzelt und sprach mich so an, wie man einen Idioten anspricht, laut und primitiv: Hello, you! Tell cook, food good! Ich drehte mich zu dem arabischen Koch um, der hinter mir stand, und murmelte ein paar Brocken auf Arabisch. Daraufhin sagte der Koch ebenfalls was. What he say!?, schrie mich der Offizier an. Ich sagte: He say, tomorrow morning, when sun will rise – white man will die!

Cary grinste frech und ich verschluckte mich fast vor Lachen. Sie wechselte das Thema und erzählte unaufgefordert, dass sie sowohl eine britische Militär- als auch eine deutsche Verfolgtenrente bezog, was ihr ein Auskommen sicherte.

Dreißig Jahre lang hatte sie als freiberufliche Übersetzerin für Funk und TV gearbeitet und war bis vor zehn Jahren noch für die hebräische Untertitelung englischer Serien zuständig gewesen. Von meiner eigenen Untertitelungskarriere schwieg ich diplomatisch – ich hörte aufmerksam zu und stellte einige Zwischenfragen. Mir wurde dabei wieder einmal deutlich, dass es speziell in diesem Land Schicksale gab, die alle aufgeschrieben und damit für immer festgehalten gehörten. Diese Generation stirbt aus, dachte ich, und es ist ein Frevel, dass sie es schweigend tut, weil sie niemand mehr fragt, wie alles gekommen ist.

Caroline Mayer wurde in Charlottenburg geboren. Ihr Vater war Chaim Z. Mayer, ein erfolgreicher Kinderbuchautor und Journalist, der bereits 1933 nach Palästina auswanderte. Er hatte als Jude, Sozialdemokrat und Zionist ein besonders schweres Päckchen zu tragen. Wie viele jüdische Bürger glaubte auch Cary lange daran, dass der Spuk mit den Nazis bald aufhören würde. Spät, fast zu spät, ließ sie sich von ihrem Vater überzeugen, dass ihre Zukunft in Palästina lag.

Es war die »Reichskristallnacht« im November 1938, die sie und viele zögerliche deutsche Juden endgültig wachrüttelte. Cary ging zur Jewish Agency in der Meinekestraße, um die *aliyah*, ihre Auswanderung, zu beantragen. Ende April sollte die Abreise erfolgen und Cary beschrieb sie mit folgenden Worten:

Was sich da abgespielt hat, auf dem Anhalter Bahnhof, das kann man sich nicht vorstellen. Hunderte von Eltern, die ihre Kinder zum Zug brachten. Es war ein Lachen und ein Weinen. Man umarmte sich, wünschte sich viel Glück. Ja, wir kommen bald nach, hörte man die Menschen auf dem Bahnsteig rufen. Und dazwischen die deutsche Polizei mit ihren Hunden. Und ihren dreckigen Bemerkungen: Ja, haut bloß ab, ihr Scheißjuden, damit wir eure krummen Nasen nicht mehr sehen müssen, und solche Scherze. Ich war nur froh, rauszukommen. Ich war geheilt von meinem Glauben, es könnte sich im deutschen Reich noch mal zum Guten wenden. Im Zug dann, an der Grenze nach Italien, kamen die österreichischen Zöllner und nahmen unsere Pässe, so mit spitzen Fingern, als ob die Dinger stinken würden. Gute Reise, sagten sie zum Abschied, hoffentlich sauft's ihr alle ab!

Ich kann Ihnen sagen, ich war der glücklichste Mensch, als ich am Pier in Genua stand und die *Adriatica* einlief. Sie kam aus Marseille und hatte schon ein paar hundert Menschen an Bord. Wir haben unsere Kabinen bezogen und gingen dann an Deck. Es war ein milder Frühlingsabend. Einer hatte ein Akkordeon dabei und begann zu spielen. Wir tranken und tanzten übermütig, während die Küste langsam verschwand. Wir hatten nur einen Wunsch – Deutschland und Europa hinter uns zu lassen. Dass die meisten ihre Eltern, ihre Familien nie mehr wiedersehen würden, ahnte ja keiner.

Es entstand eine verlegene Pause. Ich hatte die alte Dame wohl erwartungsvoll angeschaut, denn sie tippte sich an die Stirn und sagte dann: Deshalb sind Sie ja gekommen, wegen dem Doktor Weinheber, dem einsamen Dichter! Den sah ich an diesem Abend zum ersten Mal und er gefiel mir sofort. Mein Gott, ich war fünfzehn und abenteuerlustig und fühlte mich endlich frei, nach all den bedrückenden Jahren in Berlin. Er war mehr als doppelt so alt wie ich, das ist doch immer reizvoll für einen Backfisch, oder? Backfisch, rief sie dann, sagt doch heute kein Mensch mehr!

Jedenfalls kam der Weinheber zu uns, als wir wie die Wilden auf dem Deck herumhüpften und Hora tanzten und lachten und sangen und tranken, und er sagte: Schämt ihr euch nicht? Er sprach nicht vorwurfsvoll, sondern eher traurig und enttäuscht. Ihr amüsiert euch hier und drüben in Palästina wird gekämpft, da sterben unsere Brüder und Schwestern! Wenn wir nicht tanzen, sterben die Menschen trotzdem, rief einer, und ein Mädchen sagte zu ihm: Sterben können wir noch früh genug. Jetzt wollen wir leben! Da drehte er sich um und verließ uns.

Und wie ging es weiter?, wollte ich wissen. Die alte Dame dachte einen Augenblick nach. Ich erinnere mich noch gut an ihn. Er war so elegant und so traurig. Er interessierte mich. Ich machte mich auf, ihn zu suchen.

Über das Meer

Das Schiff hatte inzwischen seinen Rhythmus gefunden und stampfte gleichmäßig durch die Wellen. Der Mann stand an der Reling und sah hinaus auf die See. Am Horizont ging die Sonne unter. Im Dunst des Abends verschwand die italienische Küste.

Das junge Mädchen hatte den Mann entdeckt. Sie stellte sich neben ihn und sah ebenfalls auf die Wellen. So standen sie eine Weile schweigend, dann sagte er: Das Meer hat etwas Beruhigendes, finden Sie nicht? Nein, erwiderte das junge Mädchen, wie kann so etwas Unruhiges beruhigend sein? Der Mann lächelte. Gerade diese Unruhe ist das Beruhigende. Es ist eine geordnete Unruhe, wenn Sie verstehen, ein bleibender Gleichlauf. Das Mädchen war skeptisch. Wenn man an das Geheimnisvolle denkt, das unter dem Schiff ist, wird mir ganz schummerig. Ich finde das Meer gewalttätig.

Das Meer zu sehen, vom Ufer aus, sagte sie, das finde ich schön, auf ihm zu sein weniger. Er sah sie an. Man muss versuchen, das Meer zu verstehen, ihm nah zu sein. Meer ist nicht gleich Meer, mein Fräulein. Wir fahren zwar über das Mittelmeer, aber es besteht aus vielen kleinen Meeren, die Namen von Inseln oder Regionen tragen, die wir passieren im Laufe unserer Reise. Das Sardinische Meer, in dem wir uns bald befinden, wenn wir den Golf von Genua verlassen haben, dann das Tyrrhenische Meer, das Sizilianische, das Kretische und schließlich das Levantinische mit der Küste Palästinas. Und jedes dieser Meere hat seine eigene Charakteristik, seine Winde, seine Strömungen. Mit zahllosen Wracks aus vielen Jahrhunderten. Gesunken in Stürmen oder vernichtet von Feinden. Phönizische Handelsschiffe, römische Galeeren, venezianische Kriegsschiffe. Galeonen der spanischen Armada, schwere Schlachtschiffe Napoleons oder wendige Fregatten der Briten. Oder Unterseeboote oder zerstörte Kreuzer aus dem Weltkrieg. Sehen Sie, rief sie, das ist es, diese

Ansammlung von Tod. Er lächelte sie an. Meer heißt Leben. Ständige Erneuerung. Das Meer lebt vom Vergehenden.

Sie sah ihn an. Er gefiel ihr außerordentlich. Die Locken, die in die hohe Stirn fielen, eine klassische, ausgeprägte Nase, sinnliche Lippen, ein nachgiebiges Kinn. Er trug einen grauen Anzug, dazu ein weißes Hemd mit einer dezenten, dunklen Krawatte.

Sind Sie ein Dichter?, fragte das junge Mädchen mit einem Mal, und der Mann schien sich zu erschrecken. Wie kommen Sie denn darauf? Weil Sie wie ein Dichter sprechen, meinte das Mädchen. Sie sind eine gute Menschenkennerin, sagte er daraufhin. Aufgeregt fragte sie: Habe ich also richtig geraten? Er sah sie an. Nun, als einen Dichter, im Sinne von Goethe oder Lessing, würde ich mich nicht bezeichnen, aber in der Tat bin ich ein Schriftsteller. Er reichte ihr seine Hand. Gestatten Sie, dass ich mich vorstelle. Weinheber ist mein Name, Leonard Weinheber. Das junge Mädchen nahm seine Hand und sagte: Caroline Mayer. Ab jetzt allerdings Cary. Aus Berlin-Charlottenburg.

Weinheber war erfreut. Charlottenburg? So ein Zufall! Dann sind wir ja Nachbarn! Ich komme aus Wilmersdorf! Er stellte fest, dass sie immer noch seine Hand hielt. Rasch zog er sie zurück. Mein Vater ist auch ein Schriftsteller. Allerdings schreibt er meist Kinderbücher.

Und wie heißt er, wenn ich mir die Frage erlauben darf? Chaim Z. Mayer. Na sicher ist mir Ihr Herr Vater ein Begriff. Er ist auch Journalist, nicht? Ja, sagte Cary, er lebt bereits seit sechs Jahren in Palästina. Und, fragte Weinheber, hat er Aufträge? Die hat er, sagte sie neckisch, er fährt eine Diesellok für eine Pottasche-Fabrik am Toten Meer. Immerhin eine jüdische Berliner Lok, eine Orenstein & Koppel, wie er mir kürzlich schrieb. Weinheber schmunzelte. Ja, ich mochte seinen frechen Stil. Er erinnerte mich an Tucholsky. Gab es nicht ein Buch von ihm über die griechischen Juden? Genau, sagte Cary, es heißt: *In Saloniki.*

Könnte ich etwas von Ihnen gelesen haben, Herr Weinheber? Er fuhr sich verlegen mit den

Händen durchs Haar, das der Wind zerzaust hatte, und sagte: Wie alt waren Sie dreiunddreißig? Zehn, sagte Cary. Na, sehen Sie. Wie sollten Sie etwas von mir gelesen haben. Er schien das Thema wechseln zu wollen und zeigte zum Himmel. Dort, der Abendstern. Kennen Sie ihn? Cary schüttelte den Kopf. Es ist gar kein Stern, sondern ein Planet. Es ist die Venus. Sie ist das hellste Gestirn. Sie benötigt neunzehn Monate, um die Sonne zu umkreisen.

Ihr Erscheinungsbild hängt ab von ihrer Position zur Sonne. Nachdem sie monatelang der Abendstern war, zieht sie sich vornehm für ein paar Wochen zurück, schwebt hinter der Sonne vorbei und wird danach zum Morgenstern. Die alten Griechen nannten den Abendstern Hesperos, den Morgenstern Phosphoros. Warum das denn, wenn es doch ein und derselbe Stern ist, bemerkte Cary. Sie liebten es eben, aus dem einen Stern zwei mythologische Wesen zu machen. Zwei Wesen wie wir, dachte Cary.

Die Sonne war inzwischen versunken, die Nacht begann sich zu zeigen und mit ihr weitere Sterne. Cary war fasziniert von dem fremden Mann neben ihr, der ihr den Weg über den Himmel wies. Orion, der Jäger, das Himmelsdreieck mit dem Schwan. Woher wissen Sie das alles?, fragte sie ihren Begleiter. Ich habe mich stets für alles interessiert. Ich habe Spaß am Lernen. Ich freue mich darüber, viel zu wissen. Ich denke, es ist für einen Schriftsteller unabdingbar, einen reichen Wissensschatz zu erwerben. Finden Sie nicht?

Sie fröstelte und hakte sich kokett bei ihm unter, doch er entzog sich abrupt. Sie war enttäuscht und unterließ jeden weiteren Versuch der Annäherung, obwohl sie ihn so gern in die Arme genommen und geküsst hätte, diesen seltsamen, melancholischen Menschen, der ihr Mitleid erregte.

Nach einem bescheidenen Dinner, bei dem sie Weinheber vermisste, schloss sich Cary wieder ihrer Reisegruppe an. Einige der jungen deutschen Juden waren bereits betrunken. Sie waren keinen Alkohol gewöhnt und das leichte italienische Bier war verführerisch. Die ostjüdischen Halbwüchsigen waren dagegen trinkfester und hatten Wodka dabei. Die jungen Leute hatten sich vorgenommen, die ganze Nacht durch zu feiern. Passagiere, die ihre Kabinen in der Nähe des Sonnendecks hatten, fanden sich schließlich damit ab, mit Musikbegleitung, Gesängen, Geschnatter und fröhlichem Lachen in den Ohren einschlafen zu müssen.

Was hatten diese großen Kinder nicht schon alles hinter sich! Nach Jahren der Demütigung, des Ausgeschlossenseins, nach hilfloser Wut und ohnmächtigem Zusehen war dies der erste Moment der Freiheit. Der Menschwerdung!

Sie hatten es schmerzhaft miterleben müssen, wie ihre Familien und Freunde wehrlos den Anfeindungen, den Unterstellungen und den Bösartigkeiten ausgesetzt waren, wie ihre Väter geschlagen, ihre Mütter erniedrigt wurden. Wie sie alles verloren, wie sie zu Untermenschen degradiert worden waren. Wie christliche Freunde plötzlich zu hämischen Feinden wurden, wie sie ihre Schulen und ihre Sportvereine verlassen mussten, wie sie auf perfideste Weise vom Leben ausgeschlossen wurden, um in Zukunft nur noch zu vegetieren. Und nun waren sie hier! Auf diesem Schiff, auf ihrer Arche Noah, die sie über das Meer trug zu neuen Ufern. Sie waren im Rausch. Sie konnten laut und provokant ihre Jüdischkeit ausleben. Ostjuden sangen jiddische Lieder, die französischen grölten Schlager, die deutschen Juden wandelten Heinrich Heine ab: Ich weiß nicht, was soll es bedeuten, dass ich so fröhlich bin! Und alle gemeinsam fanden sich in hebräischen Gesängen zusammen, in zionistischen Kampfliedern und ausgelassenen Kreistänzen, was schließlich bei einigen in fiebrigen sexuellen Begegnungen in dunklen Ecken oder in den vor sich hin schaukelnden und knarrenden Rettungsbooten endete.

Es war wie ein Tanz auf dem Vulkan. Sie feierten ihr zurückgewonnenes Leben. Und obwohl ihr Schicksal ungewiss und das zukünftige Leben nicht einfach und für einige von ihnen sogar kurz sein würde, waren diese wilden Nächte auf hoher See gleichsam eine Wiedergeburt.

Cary nahm einen Schluck Tee, noch in Gedanken vertieft. Trafen Sie Weinheber noch mal, wollte ich wissen. Nun, wir sahen uns immer wieder auf diesem Schiff, man konnte sich schlecht aus dem Weg gehen. Beim Lunch oder beim Dinner, wenn man die bescheidene Verpflegung denn als so etwas bezeichnen wollte. Ich schaute immer zuerst, ob ich ihn irgendwo sah, und setzte mich neben ihn. Ich war wohl ziemlich aufdringlich. Wir sprachen über Berlin, über die Zeiten vor Hitler und er erzählte von Theateraufführungen, Büchern oder Filmen.

Ich erinnere mich, einmal wollte ich von ihm wissen, wo er denn tagsüber sei, und er meinte, in seiner Kabine. Er schreibe an einem Roman. Das fand ich beeindruckend.

Um was geht es?, fragte ich ihn. Um Liebe, sagte er, es geht bei allem immer nur um Liebe. Jede Geschichte ist im Grunde eine Liebesgeschichte. Haben Sie auch eine Liebe?, bohrte ich weiter. Er zögerte einen Moment, dann sagte er: Im Kibbuz Shefayim. Er hat also eine Freundin, dachte ich noch, schade.

Wann haben Sie ihn zum letzten Mal gesehen?

Cary dachte nach. Das war am Abend vor unserer Ankunft. Das Schiff hatte die Geschwindigkeit verringert und außer den Positionslampen sah man nirgends Licht. Die Engländer hatten eine Art Blockade eingerichtet, um illegale Schiffe abzufangen. Unser Schiff war zwar nicht illegal, aber man konnte ja nicht wissen, was ihnen in jener Nacht einfiel, um uns zu schikanieren. Schließlich war es ein italienisches Schiff und die Westmächte waren auf Mussolini nicht gut zu sprechen, wie man weiß.

Sie sah seine Zigarette in der Dunkelheit aufglühen. Sie stellte sich neben ihn und sprach ihn an. Morgen sind wir in unserem Land, sagte sie, was fühlen Sie? Nichts, sagte er, ich bin immer noch in dem Land, das ich verlassen habe. Ein schönes Land, sagte Cary ironisch, wo wir nicht gelitten sind. Wo man uns alles genommen hat. Sogar unsere Ehre.

Ich kann es nicht herausreißen aus meinem Herzen, sagte er, mein Deutschland ist nicht das Land der Nazis. Es ist das Land Schillers, Börnes, Beethovens. Nein, mein Herr, sagte das junge Mädchen selbstbewusst, das ist es nicht mehr und wird es nie mehr sein!

Er sah sie an und sagte: Ich habe über dreißig Jahre in diesem Land gelebt. Ich habe es noch gekannt, als es noch nicht schuldig war, noch nicht infiziert vom Geist des Bösen. Ich bin durch die Uckermark gewandert, habe am Neuen See gesessen und Berliner Weiße getrunken, habe Aufführungen von Max Reinhardt gesehen am Gendarmenmarkt. Ich habe Edelweiß gepflückt in den Alpen und Muscheln gesammelt am Strand von Rügen. Ich habe den Riemenschneider-Altar bewundert und Schloss Sanssouci. Ich habe Büchner verehrt und Thomas Mann. All das hat sich eingebrannt in meine Seele und das lässt sich nicht wegwischen. Ich denke in der deutschen Sprache, ich schreibe auf Deutsch. Ich bin deutsch bis in den Kern meiner Seele. Ich gehe so weit zu sagen: Nicht die Nazis sind Deutschland, ich bin es mehr, als sie es je sein werden.

Amen, sagte Cary daraufhin frech.

Er schien empört: Wertes Fräulein, mit Verlaub. Es geht um Gefühle, die Ihnen zwangsläufig verborgen bleiben müssen. Nicht im intellektuellen Sinne, missverstehen Sie mich bitte nicht. Es hat mit Lebenserfahrung zu tun. Kurz gesagt, Sie sind viel zu jung, um ein subjektives Gedankengebilde dieser Dimension zu begreifen. Nein, sagte sie, ich bin jung genug, um dieses ekelhafte Land hinter mir zu lassen. Für mich ist es versunken, im Meer! Im Meer des Vergessens! Wie ein Piratenschiff mit schrecklichen, verlorenen Kreaturen. Das war sehr gut, Fräulein Mayer, sie sollten sich einmal als Schriftstellerin versuchen.

Er schaute sie mit seinen traurigen Augen an. Viel Glück wünsche ich Ihnen. Massel und Broche. Für eine Sekunde spürte Cary Mayer seine Lippen auf ihrem Haar und er flüsterte: Bleiben Sie eine Werdende! Sekunden später war er verschwunden.

Bleiben Sie eine Werdende! Diesen Satz habe ich nie vergessen, sagte Cary, und habe erst später begriffen, was er damit sagen wollte.

Neugierig bleiben, sich immer wieder auseinandersetzen mit dem angeblich Unveränderlichen. Eine Sache als »alternativlos« zu bezeichnen, wie es heute in Deutschland Mode ist, heißt sich und die Zukunft aufzugeben. Da haben Sie Recht, sagte ich. Sie lächelte. Dann sprach sie weiter:

Während des letzten Dinners hoffte ich ihn zu sehen, aber er erschien nicht. Als ich mich, schon leicht beschwipst, vom Tisch erheben wollte, kam ein Steward und überbrachte mir ein Kuvert. Zuerst dachte ich an ein Telegramm, aber auf dem Umschlag stand hinten der Absender: Dr. Leonard Weinheber. Ich öffnete das Kuvert und es kam ein Gedicht zum Vorschein, auf dünnem Papier in einer eleganten Handschrift geschrieben. Ich bedaure zutiefst, dass ich es verschlampt habe. Es handelte vom Meer.

Cary war nachdenklich geworden. Erst meine Frage, wie es denn am nächsten Tag weitergegangen sei, brachte sie zurück in die Realität. Wie war es weitergegangen? Der nächste Morgen war grau, das Meer aufgewühlt. Keine Sonne.

Ich suchte ihn überall, um ihm Lebewohl zu sagen. Aber er ist mir vermutlich aus dem Weg gegangen und ich habe ihn niemals wiedergesehen. Nach dem Krieg habe ich versucht, seine Adresse ausfindig zu machen, aber niemand hatte je von ihm gehört. Auch nicht in Shefayim. Vielleicht hat er aber auch seinen Namen geändert, wie so viele in diesem Land. Was wissen Sie denn über ihn?

Leider nicht sehr viel. Ich bin durch Zufall auf ihn gestoßen. Ich habe in Berlin einen Koffer erstanden, und darin befand sich seine Visitenkarte und draußen drauf standen die Initialen L.W. Deshalb bin ich hierhergekommen und habe den arabischen Bootsmann gefunden, der seinerzeit den Koffer an Land gebracht hat. Aber der Koffer wurde nie abgeholt.

Cary erschrak. Heißt das, Weinheber ist gar nicht an Land gegangen? Ich zuckte mit den Schultern. Keine Ahnung. Es gibt jedenfalls in den Schiffspapieren keinen Hinweis. Es sieht so aus, als seien alle Passagiere von Bord. Merkwürdig, meinte Cary, vor dem

Übersetzen an Land kamen die Beamten von der Immigration und haben die Papiere geprüft.

Aber vielleicht ist der eine oder andere nicht registriert worden, das kam schon mal vor. Es war ja ein italienisches Schiff, das dürfen Sie nicht vergessen. Da nahm man es nicht so genau. Die waren froh, dass diese Juden weg waren. Die machen eh nur Ärger! Schrecklich! Sie lachte.

Ich erhob mich. Vielen Dank für Ihre Hilfe, sagte ich und gab Cary Mayer ein Küsschen zum Abschied. An der Tür sagte die alte Dame noch: Elias, wenn Sie etwas erfahren, dann rufen Sie mich bitte an. Versprochen, sagte ich, שלום shalom.

Berlin – Tel Aviv

Das *Hoola* war der angesagte Club an der Strandpromenade von Tel Aviv. Nur unweit der Stelle, an der sich vor ein paar Jahren ein Selbstmordattentäter in einer Schlange wartender Discobesucher in die Luft gesprengt und viele Menschen mit in den Tod gerissen hatte, tobte das Leben. Das war Israel, vor allem aber Tel Aviv. Lebe heute, morgen kann es zu spät sein. Mir war nicht nach Disco, aber Amin bestand darauf, mal richtig einen loszumachen, wie er sagte. Der eigentliche Grund war allerdings, dass Leila fand, dass ich sehr gut zu ihrer Freundin Tamar passen würde, die sie für mich auserkoren hatte. So standen wir also etwas verlegen in der Schlange und Amin versuchte immer wieder, das Gespräch zu befeuern. Elias is a filmmaker, sagte er und Tamar lächelte. I don't go very often to see a movie, erwiderte sie.

Why?, fragte ich. I like reading. I make my

own movie in my thoughts. Ich lächelte gequält. Amin zog mich ein wenig zur Seite. Sie
war in der Armee, steckte er mir heimlich, und
hatte wohl traumatische Erlebnisse. Sie kann
sich nicht lange konzentrieren. Wieso be-
komme ich immer solche Fälle?, fragte ich ihn.

Trotz des Andrangs war es Amin gelungen,
für uns einen Platz auf der Empore zu ergattern. Ohne um mein Einverständnis zu bitten,
zog mich Tamar auf die Tanzfläche, wo ekstati-
sche Menschen im zuckenden Licht zu harten
Beats tanzten. Die Art und Weise, wie meine
Partnerin sich bewegte und wie männliche
Tanzende um uns herum auf sie reagierten,
war mir unangenehm. Sie schwang sich zu
einer Art Cheerleader auf, zeigte einen Balz-
tanz mit lasziven Bewegungen, der Erotik pur
signalisieren sollte, aber nur peinlich war. Dabei biss sie sich in die Unterlippe und schloss
die Augen. Ich konnte nicht verhindern, dass
ich mich fremdschämte. Als ich zu meiner
Freude feststellte, dass sie während ihrer
Trance mit dem jungen Mann neben mir flir-
tete, gab ich vor, müde zu sein, und verließ

den Nachtclub. Ich winkte nach einem Taxi und war eine Viertelstunde später im Hotel.

Von der Ben-Avigdor-Straße aus hatte man einen nicht sonderlich attraktiven Blick auf die Stadtautobahn, die Tel Aviv durchschnitt. Das Haus Nummer 3 lag in einer scharfen Kurve. Es war ein modernes funktionales Gebäude mit einem außenliegenden Treppenhaus und den entsprechenden Zugängen zu den Wohnungstüren. Amin klingelte und eine Frau um die fünfzig öffnete. Bitte, kommen Sie rein.

Wir betraten das Wohnzimmer. Möchten Sie etwas trinken? Nein, danke, wir wollen nicht lang stören. Wie kann ich Ihnen helfen?, fragte die Frau und Amin übersetzte. Wir sind auf der Suche nach einem Herrn Weinheber und Sie gehören zu den vier Weinhebers in Israel, die wir finden konnten. Ich heiße Weinheber, weil mein Mann so heißt, sagte die Frau, das habe ich Ihnen ja bereits am Telefon gesagt. Sie überlegte. Und die Weinhebers in Netanya sind Verwandte von ihm. Wissen Sie, woher seine Familie stammt? Aus Wien, das weiß ich sicher. Wir waren auch mal dort. Aber warten Sie, es gab einen Architekten Weinheber, der hat zusammen mit dem berühmten Architekten Samuelson gearbeitet. Sie haben in den Dreißigern viel gebaut hier.

Ich weiß es deshalb, weil der Großvater meines Mannes ein Malergeschäft hatte und bei Familienfesten gern die Anekdote von einer Namensverwechslung erzählte, in der man ihn für den Architekten hielt.

Am Nachmittag traf ich Inga Samuelson-Landau auf der Terrasse eines Cafés am Rothschild Boulevard und erkannte sie sofort. Eine elegante Dame von achtzig mit einem Rauhaardackel auf dem Schoß. Sie schien aus der Zeit gefallen. Kommen Sie, holen Sie sich einen Stuhl, rief sie. Nachdem ich Platz genommen hatte, legte sie sofort los, ohne Punkt und Komma: Also, das wird ja Zeit, dass mal einer was über meinen Vater macht. Meine Eltern waren ja nur kurz verheiratet. Und der Samuelson ist ja noch vor dem Krieg rüber nach Amerika. Hat meine Mutter einfach sitzen lassen mit einem kleinen Kind. Auch nicht die feine Art, oder? Ich unterbrach. Ihr Vater ist sicher ein wichtiger Mann gewesen, aber mir geht es bei meiner Recherche um einen seiner Mitarbeiter, einen gewissen Herrn Weinheber. Wieder redete Frau Samuelson-Landau dazwischen:

Also, ich kannte ja noch den Neutra und den Posener, die waren ja alle hier. Und dieses Haus da drüben ist von Richard Meier. Ein weißer Klotz. Also, das Haus! Sie lachte. Mein Geschmack ist das nicht.

Ich wollte etwas sagen, aber sie kam mir zuvor: Weinheber? Doch, sagt mir was, auch ein Berliner. Meine Mutter hatte ein Bild von dem, wenn ich mich recht erinnere. Er hat auch gemalt. Gut sogar. Er lebte in Ramat Gan, glaube ich. Der ist sicher tot. Was ist denn mit dem? Ich stellte fest, dass das Erzähltempo der alten Dame ansteckend war, und verfiel selbst in einen hektischen Ton: Es geht möglicherweise um einen Verwandten eines Herrn Weinheber, der 1939 bei seiner Einreise spurlos verschwunden ist.

Die alte Dame lachte. Ach, wissen Sie, da gibt es viele, die verschwunden sind. Oder ihren Namen geändert haben. Waren ja nicht alles Edelleute, die kamen, waren ja auch Gangster dabei. Ich konnte sie beruhigen: Der nicht, sicher nicht. Der war ein Schriftsteller. Ach so. Und wie kann ich Ihnen da helfen? Sie haben mir bereits geholfen, mit Ramat Gan.

Chana Zahir, geborene Weinheber, war eine untersetzte, blonde Kettenraucherin von fünfundfünfzig Jahren. Sie saß Amin und mir in ihrem kleinen Garten gegenüber und nippte ab und zu wie ein Vögelchen an ihrer Limonade. Wir sprachen Englisch miteinander. Chana redete leise und setzte jedes ihrer Worte gewissenhaft. Sie schien froh zu sein, dass ihr jemand zuhörte, und deshalb sprach sie erst einmal über sich und ihr Leben, das in der vergangenen Dekade ein leidvolles geworden war. Vor fünf Jahren war ihr Mann an Krebs gestorben, nachdem er mit seiner kleinen Lederfabrikation in die Pleite gerutscht war. Auslöser dafür waren nicht wirtschaftliche

Schwierigkeiten, sondern der Selbstmord des ältesten Sohnes Uri, der als Soldat sein Augenlicht verloren hatte. Ihr jüngster Sohn Dan war früher stets der *Sonnyboy*, wie Chana ihn nannte, ein guter Schüler und angehender Basketballstar.

Nach dem Tod des Bruders jedoch wurde er religiös, geriet in ultraorthodoxe, sektenähnliche Kreise und verkehrte seither nicht mehr mit seiner Mutter, die ihm nicht religiös genug lebte und die er als »unrein« wahrnahm.

Deshalb war sie bis heute ihren drei Enkelkindern noch niemals persönlich begegnet. Mittlerweile lebte sie koscher, besuchte am Sabbat die Synagoge, hielt die religiösen Gebote ein und besaß sogar zwei Kühlschränke, einen für milchige und einen für fleischige Speisen. Aber ihr Sohn blieb unerbittlich. Sie konnte ihre Tränen nicht mehr zurückhalten und begann laut zu schluchzen. Ich erhob mich, ging zu ihr, nahm sie in den Arm. Sie spürte, dass meine Anteilnahme echt war, und hielt meine Hand. Amin sah schweigend zu und fühlte sich nicht sonderlich behaglich. Er war froh, als endlich Leonard Weinheber zum Thema wurde.

Ich erinnere mich, sagte Chana, mein Vater sprach gelegentlich bei Familientreffen davon, dass es einen spurlos verschwundenen Onkel Leo gab, aus Berlin, ein Cousin seines Vaters, der die Absicht gehabt hatte, nach Palästina zu kommen. Aber man habe vergebens auf ihn gewartet, obwohl er sich angekündigt hatte.

Ich war fest davon überzeugt, dass es sich bei dem geheimnisvollen Mann um »meinen« Weinheber handelte.

Auf dem Rückweg nach Yafo sagte Amin plötzlich: Jeder Mensch hat sein Schicksal und es hängt immer mit der Politik und der Gesellschaft zusammen. Hätte ihr Sohn nicht in den Krieg gemusst, würde er noch leben und die Familie wäre nicht kaputt.

Das Feuer kommt näher

Als ich an diesem Abend auf dem Balkon meines Hotelzimmers stand und auf die quirlige Straße hinabschaute, wurde mir deutlich, wie sehr Weinhebers Koffer mein Leben verändert hatte. Ich warf mit einem Mal Blicke in die Leben von Menschen, die ich niemals kennen gelernt hätte. Gibril, der alte Araber, dem es trotz aller Widrigkeiten gelungen war, ein würdiges, anständiges Leben zu führen. Cary, die außergewöhnliche Frau, die erfolgreich einen Platz in der israelischen Gesellschaft gefunden hatte. Frau Samuelson-Landau, die in einer vergangenen Welt lebt, und Chana Zahir, deren Leben in Trümmern liegt. Und ich dachte an meinen Freund Amin, der als arabischer Israeli in dieser rigorosen Gesellschaft einen schweren Stand hat und der in Deutschland als Araber ebenfalls gegen viel Misstrauen hatte ankämpfen müssen.

Und ich schaute hinunter auf die Passanten,

auf die Autos und Mofas und hatte das Gefühl,
dass alle Freiheit nur Schein war. Ich ging zurück ins Zimmer, legte mich auf das Bett und
zog einen Brief aus dem letzten Drittel des
Bündels.

14. September 1937

Mein geliebter Leo,
ich habe geweint, als ich Deine Erzählung las,
in der Du den Schmerz beschreibst, an den man
sich gewöhnt mit der Zeit und der sofort wieder-
kehrt, wenn man auf die Wunde drückt. Seit-
dem es nun Bänke nur für Arier gibt, ist meine
Hoffnung geschwunden. In Deinem Roman
gibt es ein Kapitel, in dem Du die politische
Situation voraussiehst und von dem Mann
erzählst, der von den Flammen eingeschlossen
ist und der weiterhin hofft, die Flammen mögen
die Flammen ersticken. Das Feuer, das uns
bedroht, kommt täglich näher und es wird uns
verschlingen. Mein Herzallerliebster, lass uns
gemeinsam fortgehen und drüben ein neues
Leben beginnen. Keiner verlangt von Dir,
Zionist zu werden, aber wenn Du das Joch

abwerfen und frei sein willst, gibt es nur diese
Möglichkeit für uns. Bitte!
In Liebe, Deine Lenka

Ich spürte Tränen hochkommen. Mein Gott, es hatte mich gerissen! Ich, der stets so cool war. Ich löschte das Licht und wollte nur noch schlafen und vergessen.

Shefayim als einen reinen Kibbuz zu bezeichnen, wurde dem Ort nicht gerecht. Wie so viele Kibbuzim hatte sich das dörfliche Kollektiv zu einem veritablen Kleinunternehmen entwickelt, das zwar das sozialistische Grundmuster beibehalten, aber sich den Marktgesetzen unterworfen hatte. Eine selbstverwaltete Freizeitanlage mit Bäderpark und Viersternehotel, unweit des Strands, etwa fünfzehn Minuten von Herzliya gelegen.

Ich hatte in der Vergangenheit schon einige Kibbuzim besucht, hatte selbst für ein paar Wochen in einem gewohnt und gearbeitet und mochte die freie, ungezwungene Atmosphäre dieser Einrichtungen. Hier, so empfand ich es, wurde wirklich Gemeinschaft gelebt, waren tatsächlich alle gleich. Israel war ohnehin ein recht hemdsärmeliges, unkonventionelles Land und die Kibbuzim waren das Symbol dafür. Auch Amin spürte das unmittelbar und empfand sich vom Leiter der Anlage auf Augenhöhe behandelt, unabhängig von seiner Herkunft. Gad Gottlieb sprach noch ganz passabel Deutsch, seine Eltern stammten aus der Schweiz und waren in den Fünfzigern nach Israel emigriert. Er ließ es sich nicht nehmen, seine Gäste herumzuführen, und so bekamen wir einen intensiven Eindruck von Shefayim, das von den ostjüdischen Gründern im Jahr 1931 noch »Schwajim« genannt worden war, was so viel wie »auf dem Hügel« heißt, ein Zitat aus dem Buch Jesaja. Wir konnten dem dynamischen, umtriebigen, hoch aufgeschossenen Gad kaum folgen, wie er seinen Kibbuz durchmaß, mit Leuten sprach, sich im Vorbeigehen um alles kümmerte und für jeden einen Rat hatte. Egal, ob es um das Verfliesen einer Terrasse ging, um das Essen im Kindergarten oder ein Leck im sogenannten *Water-Park*. Die selbstgebauten Elektrowägelchen für die Alten und Behinderten mussten gewartet, der Ticketautomat am Parkplatz repariert werden. Aufgrund eines Joint Venture mit IBM, bei dem in einer hocheffizienten Denkfabrik am Rande der Siedlung Programmierarbeiten für die Entwicklung von Quantenrechnern durchgeführt wurden, kam zwar viel Geld in die Kasse, wie Gad stolz bemerkte, aber die Amerikaner seien auch ziemlich »picky« und »pushy«, was den Komfort betraf. So musste beim Hotelservice permanent nachgebessert werden. Um die israelische Ruppigkeit zu minimieren, wurden Seminare veranstaltet und die Mitarbeiter zu Höflichkeitskursen verdonnert. Das System hat den Nachteil, sagte Gad Gottlieb, als sie wieder in seinem Büro saßen, dass alle das Gleiche verdienen und somit kein finanzieller Anreiz besteht, das individuelle Verhalten zu ändern. Glaubt bloß nicht, sagte er weiter, dass hier auch nur ein Mensch anklopft, bevor er eintritt. Als wäre es inszeniert, betrat eine junge, dunkelhäutige Frau den Raum. Sie fragte nach Essensmarken für die äthiopischen Flüchtlinge, die im Seitenflügel des Hauptgebäudes einquartiert worden waren und die auf ihre Wohnungen warteten, die schon seit einem Jahr fertiggestellt sein sollten. Mann, hier wird man ja noch meschugge in diesem Saftladen, oder, rief Gad auf Schwyzerdütsch und drückte ihr eine Liste in die Hand. Die Frau verstand kein Wort, schüttelte den Kopf und ging wieder. Der Leiter des Kibbuz wandte sich uns zu. Wie hieß die Frau noch mal?, fragte er, während er zum Regal ging, um eine Akte zu ziehen. Helene Rosenblum aus Berlin, sagte ich, sie muss 1937 oder 38 hierhergekommen sein. Es kann aber auch sein, dass sie sich Lenka nannte. Gad blieb wie erstarrt stehen. Sagtest du Lenka? Ich nickte. Kommt mit, rief Gad.

Drei Minuten später standen wir vor einer Gedenkplatte, die aus dem Stahl eines Panzers gefertigt und an einer unscheinbaren Steinmauer befestigt war. Gad hatte soeben eine Klematis zur Seite geschoben, die die Hälfte der Tafel verdeckt hatte. So stand nun deutlich zu lesen: In memory of our chaverim chaluzim who died between 1937 and 1948 by Arab attacks: Appelbaum, Zwi – Charkowizer, Semjon – Dankowitz, Inge – Haubenstock, Ilana – Kiraly, Gabor – Levy, Chaim – Oppermann, Siegfried – Rosen, Lenka – Stettiner, Thomas – Taub, Simon – Zeman, Milos. They have lost their lives for freedom and democracy. They will never be forgotten.

Lenka Rosen! Helene Rosenblum! Ich musste schlucken. Auch Amin schien aufgewühlt. Der Leiter des Kibbuz bemerkte sofort die veränderte Stimmung. Ich starrte auf die Gedenkplatte und sagte: Sie war die Geliebte eines Mannes, über dessen Schicksal wir zurzeit recherchieren.

Leonard Weinheber, ein Schriftsteller aus Berlin. Wegen ihm sind wir hier. Er ist 1939 im Frühjahr eingewandert, oder besser, er hatte vor einzuwandern. Aus den Passagierlisten ist nicht zu ersehen, ob er tatsächlich an Land gegangen ist. Oder er ist angekommen, aber dann sofort untergetaucht, ergänzte Amin. Egal, sagte Gad daraufhin, jeder, der ankam, wurde von den Engländern registriert, jeder! Gibt es darüber Dokumente?, wollte ich wissen. Ja sicher. Die lagern im Staatsarchiv. Kann man bestimmt im Internet einsehen. Es sind die Unterlagen der HCTP. Was ist das? The High Commission of Transjordan and Palestine. Ich kann das heute Abend machen. Danke, sagte ich leise. Der lange Schweizer legte plötzlich seine Hand auf meine Schulter, tröstend, als sei ich persönlich ein trauernder Hinterbliebener. Ich lade euch in die Kantine ein, bevor ihr losfahrt, bestimmte er.

Im großen Speisesaal saßen etwa vierzig Personen beim Essen. Alte, Junge, Soldaten, Urlauber, Äthiopier, US-Manager gemeinsam mit jungen israelischen Kapuzenpulliträgern. Gad brachte eine ältere Frau an den Tisch und stellte sie vor: Das ist Miriam, sie kam mit fünf nach Schwajim. Shalom!

Die Frau gab uns die Hand. Das ist Elias aus Berlin und sein Freund Amin, sagte Gad. Miriam setzte sich. Kann ich a bissel Daitsch noch, begann sie freundlich, meine Eltern sind sie hier gekimmen fin Pojlen in neinzehndrei-ßig. Ja, unterbrach Gad, sie haben ein Jahr später den Kibbuz mitgegründet. Dann ist

Miriam zur Welt gekommen. In neinzehndrei-
unddreißig bin ich gewejn gebojren. Kannten
Sie zufällig noch eine Lenka Rosen?, fragte
ich. Eine von den Kibbuzniks, die bei einem
Überfall gestorben ist. Sie schüttelte den Kopf.
Nein. Bin ich gewejn noch a Kind, aber Iskia
Kaplan, was ist gestorben a Jahr zirick, hat er
sie sicher gekennt. Eine Pause entstand. Bist
du Mischpacha, fragte Miriam dann. Nein,
sagte ich, aber uns interessiert ihr Schicksal
und das ihres Freundes. Wie hat geheißen
der Freind, wollte Miriam wissen. Weinheber,
Leonard Weinheber. Miriam dacht nach. Hab
ich nicht gekennt, sagte sie dann. Sind hier
gewejn a sach Menschen. Viele sinnen nich geblieben. Man hat gemusst schwer arbeiten.
Das Leben is gewejn sehr hart hier … aber auch
schejn! Inzwischen hatte Gad allen Wein aus
einer Karaffe in Wassergläser gefüllt. Jeder
nahm ein Glas, hob es an und alle sagten: חיים,
Lechajm, auf das Leben!

Du glaubst wohl alles, was man dir erzählt,
sagte Amin in scharfem Ton, als er auf die

Schnellstraße fuhr. Ich hatte geahnt, dass es auf der Rückfahrt Streit geben würde, denn mein Freund hatte sich auffallend zurückgehalten, während Gad über die Entstehungsgeschichte des Kibbuz berichtete. Die Araber hätten den Einwanderern Land verkauft! Amin schimpfte weiter: Die reichen Effendis seien am Anfang froh über die Juden gewesen. So ein Unsinn! Ich musste mich wehren. Hör mal, dass du eine andere Version kennst, überrascht mich nicht, aber es beweist nicht, dass sie wahr ist! Das saß! Es besteht kein Zweifel darüber, dass der Hass von extremen politischen Gruppen und von anderen arabischen Ländern geschürt wurde. Denn zu Beginn waren alle hier Palästinenser, auch die Juden! Wenn es einen Schuldigen gibt, dann sind es die Engländer! Sie haben die Araber bevorzugt, weil die leichter politisch zu beeinflussen waren. Amin widersprach: Die Engländer waren an der Seite der Juden! Ich unterbrach ihn: Während des Krieges vielleicht, weil die Araber ja mit den Nazis kooperiert haben. Euer Großmufti von Jerusalem war ja der schlimmste Antisemit.

Der hätte den Holocaust am liebsten hier fort-
gesetzt!

Amin lachte. Wenn ich das schon höre! Holocaust! Die Vertreibung der Palästinenser von
1948, ist das kein Holocaust? Holocaust! Dass
ich nicht lache, rief ich, jede Niederlage im
Fußball wird ja heute schon Holocaust genannt! Amin, ich habe dich eigentlich für einen
vernünftigen Menschen gehalten, aber du bist
leider auch ein Opfer der arabischen Gräuel-
propaganda. Es ist ja viel einfacher, einen
Schuldigen für die eigene Blödheit und Ignoranz zu finden, als Verantwortung zu übernehmen für die eigenen Verbrechen. Die armen
unschuldigen Araber, die bösen Juden. Wie oft
haben wir das in Berlin durchgekaut? Amin
wurde sauer: Willst du bestreiten, dass man
uns unrecht getan hat? Nein, sagte ich, aber ihr
erwartet das Rückkehrrecht für fünf Millionen
Menschen, obwohl nur ein Zehntel geflohen
ist, ihr verlangt die Hälfte von Jerusalem, seid
aber nicht bereit, Israel anzuerkennen. Was
soll man mit einem Nachbarn machen, der nur
Forderungen hat, mir aber nichts dafür geben

und mich sogar töten will! Und was ist mit den Siedlungen, konterte er, findest du das richtig? Nein, sagte ich, aber was ist mit Gaza oder mit dem Sinai? Alles hat Israel ohne Gegenforderungen abgegeben, und was hat man daraus gemacht?

Abschussrampen, Terrorkommandos! Hast du mal die sogenannte Charta der Hamas gelesen? Was, meinst du, würden die Menschen in Gaza machen, wenn sie wirklich demokratisch entscheiden könnten zwischen der Hamas und Israel, hm? Zwischen einem islamischen Gottesstaat und einer Demokratie? Na, ich höre! Amin erklärte das Gespräch für beendet, indem er sagte: Es hat keinen Sinn. Du bist zu verbohrt! Deine jüdischen Freunde haben dein Gehirn gewaschen. Ich grinste ihn an: Ich habe wenigstens eins! Amin musste lachen.

Gegen Mitternacht klingelte das Telefon. Es war Gad. Er hatte im Internet recherchiert. So weit er es überblicken konnte, war Leonard Weinheber nicht nach Palästina eingereist. Sein Name war zwar auf der Passagierliste zu finden, nicht aber in den Dokumenten, die man im Netz einsehen konnte. Aber vielleicht könne man mir im Staatsarchiv weiterhelfen. Ich bedankte mich, als Gad nach einer kurzen Pause anfügte: Möglicherweise hat er Selbstmord begangen! Daran hatte ich auch schon gedacht. Aber warum sollte er das tun?

Er hatte es schließlich bis hierher geschafft, seine Geliebte wartete auf ihn. Depression, meinte der Schweizer.

In den folgenden Stunden, als ich nicht schlafen konnte, nahm ich das Briefbündel zum wiederholten Mal in die Hand und blätterte es durch. Vielleicht gäbe es irgendwo einen Hinweis, der Weinhebers fatale Schwermut belegen würde. Dabei stieß ich auf einen Brief, den Weinheber auf der Schreibmaschine geschrieben hatte. Er trug einen Hotelabsender, war an einen deutschen Verleger in Jerusalem gerichtet und niemals abgesandt worden:

Marseille, April 1939

Sehr geehrter Herr Dr. Schocken,

über Dr. Alfred Döblin, den ich vor einigen Wochen auf meiner Durchreise in Paris aufsuchte, habe ich Ihre Jerusalemer Adresse in Erfahrung bringen können. Nun, da ich auf meine Passage nach Palästina warte, wollte ich Ihnen gern vorab meine Person näherbringen und Ihnen meinen in Kürze geplanten Besuch avisieren.

Ich wurde 1905 in Berlin geboren. Meine Familie gehört zu den klassischen emanzipierten Juden, deren Deutschtum stets über ihrem Judentum stand. In diesem Geiste wurde ich erzogen. Mein Vater betrieb vor dem Krieg einen erfolgreichen Musikalienhandel, meine Mutter war Konzertpianistin. Der Ehrgeiz meiner Eltern, mich zu einem zweiten Mozart zu machen, förderte meinen Widerstand.

Mein Vater kehrte 1916 mit dem Eisernen Kreuz
und einem steifen Bein zurück und konnte in der
Folge seinen Geschäften nicht mehr nachgehen.
Auch die Konzerte meiner Mutter waren in der
Nachkriegszeit nicht mehr gefragt. Wie zahllose
andere, wurde auch meine Familie Opfer von
Krieg und Inflation. Trotzdem hat man mir ein
Germanistikstudium ermöglicht. Ich beendete es
mit einer Dissertation über Ludwig Börne.
Die Großstadt Berlin bestimmte von nun an
meinen Lebensrhythmus und signalisierte den
Aufbruch in die Moderne. Jetzt begann ich mit
meinen ersten schriftstellerischen Arbeiten, die,
so konnte ich zu meiner Freude feststellen, in
Verlegerkreisen aufhorchen ließen. Ich veröffent-
lichte Theater-, Buch- und Filmkritiken und
begann zeitgleich mit den Arbeiten an meinem
ersten Roman, den ich 1931 unter dem Titel
»Die blutende Stadt« fertigstellte. Im Mittel-
punkt steht ein aufrechter jüdischer Anwalt,
der vergeblich versucht, die Rechte von Juden
durchzusetzen, die Opfer der Pogrome von 1923
im Scheunenviertel wurden, und der letztendlich
selbst ein Opfer des Judenhasses wird.

Bedauerlicherweise, was nun meine Arbeit betraf, war Döblins »Alexanderplatz« erschienen, ein Werk, das ich über alle Maßen schätze. Obwohl unsere Romane kaum zu vergleichen sind, glaubten die Verleger nicht an die Marktchancen eines weiteren sogenannten »Großstadtromans«! Sowohl Ihr Haus als auch Mosse, Ullstein oder Fischer lehnten mein Buch trotz hervorragender Lektorate ab.

Wie meine Jahre nach dem Januar 33 weiter verliefen, will ich Ihnen ersparen, da ähneln sich jüdische Schicksale auf beklagenswerte Weise. Obgleich ich zunehmender Ausgrenzung ausgesetzt war, habe ich zu lange den Funken des Kant'schen Glaubens an den Humanismus in mir getragen und gehofft, alles möge sich schließlich doch noch zum Besseren wenden. Während meine Braut, die Schauspielerin Lenka Rosen, bereits im Jahr 1937 das Land in Richtung Palästina verließ und mich aufforderte, ihr zu folgen, hielt ich es bis zum November 38 in Berlin aus. Die Ereignisse des 9. November waren bei mir, wie bei vielen anderen, der letztendliche Auslöser, Deutschland den Rücken zu kehren.

*Wie es sich abzeichnet, werde ich spätestens im
Mai in Palästina sein und würde Sie, verehrter
Dr. Schocken, all zu gerne aufsuchen.
Bis dahin verbleibe ich hochachtungsvoll
Leonard Weinheber*

Ich hatte die Surfer am Strand beobachtet,
als Amin auftauchte und sich auf sein Hand-
tuch legte. Zuerst war er der Meinung, mein
Schweigen hinge noch mit dem gestrigen
Streit zusammen, und deshalb entschuldigte er
sich und ließ mich nicht zu Wort kommen.
Obwohl es ihm schwerfalle, meinte er, die Argumente der israelischen Seite zu verstehen,
erkenne er durchaus die subjektiven Ansprü-
che an. Aber ich dürfe es ihm nicht verübeln,
dass er nun mal eine komplett andere Sicht auf
die Situation und ihre Entstehung habe. Ich
konnte ihn beruhigen. Nein, sagte ich, mach dir
keinen Kopf, ich bin nicht beleidigt und nehme
es dir auch nicht übel, dass du die Dinge anders siehst, ich finde es nur Scheiße, dass
keine Seite bereit ist, sich auch nur für einen
Moment in die Haut des anderen zu begeben.

Im Übrigen ist der israelisch-arabische Konflikt nicht die Ursache meiner Nachdenklich-
keit, sondern Herr Weinheber. Ich berichtete
ihm von Gads Anruf und dass sich der Ver-
dacht erhärtete, dass der Dichter in der Nacht
vor der Ankunft seinem Leben selbst ein Ende
gesetzt habe.

Komm. Amin zog mich nach oben und wir
liefen rasch durch den Sand zum Meer, wo wir
uns in die Wellen warfen. Das tat mir gut und
ich fühlte mich ein wenig befreit.

Land in Sicht

The Israel State Archives has nearly three hundred files, arranged according to the names of the ships which arrived between 1938 and 1947. What are you looking for? Die Frau war nicht unfreundlich, aber sachlich und schaute mich ernst an. I am looking for an Italian ship, *Adriatica*, she arrived May 3rd 1939 in Yafo. I see, meinte die Frau. Sie hatte mitgeschrieben und erhob sich hinter dem Tresen. Have a seat, I will be looking for. Damit verschwand sie in einem schmalen Flur, während ich mich an einen kleinen Schreibtisch setzte, der in der Ecke stand. Ich war nicht der einzige Besucher hier zu dieser Stunde. An einem Tisch in der Mitte des Raumes saßen zwei junge Männer mit Schläfenlocken, offensichtlich Studenten, und blätterten in einem Folianten.

Einer der beiden hielt eine Lupe in der Hand. Plötzlich war mir nach einem Schluck Wasser. Ich stand auf, ging zu einem Wasser-

spender, der sich neben der Eingangstür befand. Als ich einen Plastikbecher unter den
Hahn stellte und einen Knopf betätigte, entstand ein lautes Geräusch! Die beiden Männer
schreckten auf und sahen mich ungläubig an.
Ich zuckte hilflos mit den Schultern und einer
der jungen Männer lächelte. Geht doch.

*Mandatory Government of Palestine, Immi-
gration Department, May 1939, record file 11*
stand auf dem Umschlag des schwarzen Ord-
ners, den mir die Frau vor die Nase legte und
dabei sagte: Here you are. Ich öffnete ihn und
begann zu blättern.

Nach einer Minute hatte ich gefunden, was
ich suchte: die *Adriatica*! Eingelaufen in den
Hafen von Jaffa 8.45 a.m., 05.03.1939. Ich
durchsuchte erregt die Listen mit den insge-
samt 712 Passagieren. Hinter jedem Namen,
dem Alter, der Nationalität und der Stadt der
Herkunft standen auch die Passnummer und
die Bestätigung der Einreise. Ich entdeckte
den Namen von Caroline Mayer und die der
anderen jungen Leute, die ich bisher ausfindig
gemacht hatte, aber der Name Leonard Wein-

heber war nicht dabei. Er war nachweislich in Marseille an Bord gegangen, hatte aber Palästina nie betreten! Ich lehnte mich zurück. Schloss die Augen. Was wirklich passiert war, würde wohl Weinhebers Geheimnis bleiben. Ich erhob mich, ging zum Tresen und übergab der Mitarbeiterin den Ordner.

Danach tauchte ich in das Leben von Tel Aviv ein. Das tat gut! Ich begab mich auf den Weg zum Carmel-Markt, den ich bei keinem meiner Besuche versäumte. Ich liebte es, alleine an Orte zurückzukehren, die ich bereits kannte. Um mich selbst zu prüfen, um Stellen zu entdecken, die mir bisher verborgen geblieben waren, die ich übersehen hatte oder die im Lauf der Jahre hinzugekommen waren.

Inmitten des Trubels auf dem überfüllten Markt fiel mir auf, dass ich während meiner bisherigen Reise nicht ein einziges Foto gemacht hatte. Ich! Der große Filmemacher! Schlimmer noch, ich hatte meine geliebte kleine *Lumix* nicht einmal aus dem Koffer genommen.

Alles Weinhebers Schuld! Ich griff mir mein

Mobiltelefon und begann ein paar Schnapp-schüsse zu machen. Nicht um sie anderen zu zeigen, lediglich um mir selbst zu bestätigen, dass ich wahrhaftig hier gewesen war!

Wir hatten uns in der Altstadt, im arabischen Restaurant *Haj Kahil* verabredet. Ich hatte dar-auf bestanden, Gibril einzuladen. Er erschien, elegant wie immer, und hatte Weinhebers Reiseschreibmaschine dabei! This is for you! Der Krokokoffer glänzte. Ein Höhlenbewoh-ner, der nach fünfundsiebzig Jahren endlich wieder ans Licht durfte, dachte ich und be-dankte mich artig. Ob ich seinen Enkelsohn Hamed näher kennen würde, wollte er wissen und ich verneinte. Ich sagte aber dem alten Herrn, dass er stolz sein könne auf den Jun-gen. Er habe ein Stipendium, sei intelligent und fleißig und sicher später einmal erfolg-reich. Ja, das ist alles wahr, aber trotzdem sei er nicht glücklich. Why, fragte ich. Because he is not a real man, if you know what I mean! Ich wurde unsicher.

Okay, sagte ich, Sie haben vermutlich Recht.

Aber selbst wenn er homosexuell sei, so sei er doch ein Mann, dazu noch ein attraktiver, und ein vollwertiger Mensch. Die Hauptsache im Leben sei doch, dass jeder auf seine Art glücklich würde, oder? Gibril gestand, dass er das schon bemerkt hatte, als Hamed noch ein Teenager war. Die Art, wie er Männer ansah, verriet ihn. He don't know that I know, sagte er verschwörerisch. I'm sure, sagte ich, he knows very well that you know it. You should talk to him one day. Der Alte schüttelte energisch den Kopf und sagte in einer Weise, die keinen Widerspruch zuließ: Never ever!

Und? Haben Sie etwas erreicht, Mister Elias?, fragte er dann, wohl auch, um das Thema zu wechseln. Ich glaube, sagte ich, dass sich Weinheber umgebracht hat, in der Nacht vor der Ankunft. Jeder wurde registriert, ich habe die Dokumente gesehen. Jeder, der auf der Passagierliste ist, befindet sich auch auf der Immigrationsliste. Bis auf einen. Weinheber, sagte Gibril leise und hörte mir weiter mit geschlossenen Augen zu.

Irgendwann unterbrach er mich und sagte:

Maybe he was on the ship and he did not go on land. But why should he do that?, fragte ich den Alten. I don't know, sagte er, maybe the ship was the only place he was at home. Ich musste schmunzeln und stellte mir Leonard Weinheber als den rastlosen, ewigen Juden vor, der wie ein Phantom über alle Weltmeere segelte, ohne jemals wieder an Land zu gehen.

Amin hatte eine Veranstaltung am Goethe-Institut zu betreuen, und so verbrachte ich den Rest meines letzten Tages allein. Ich war noch einmal zum Strand gegangen und hatte Weinhebers Manuskript dabei. Nachdem ich mich im Wasser erfrischt hatte, saß ich an eine Mauer gelehnt und begann mich in den Roman zu vertiefen.

Ich war berührt, betroffen und wütend zugleich. Weinheber beschrieb anhand eines einzigen Falles die Unmöglichkeit, als Jude Gerechtigkeit zu erfahren und als Mensch in seiner Würde geachtet zu werden.

Was seinem Helden, dem jungen aufrechten Anwalt Abraham Friedländer, und dessen Mandanten Moses Kimmel widerfuhr, stand stellvertretend für die verächtliche Behandlung der Juden bereits in den Jahren der Weimarer Republik. Und zwar aus dem gleichen Grund, warum es knapp zwanzig Jahre später, nach dem Ende des Zweiten Weltkrieges, ebenso wenig zu wahrer Gerechtigkeit und Aufklärung kommen konnte: weil es die stets alten Juristen waren, die dann zu neuen wurden. Weil die Justiz niemals über sich selbst zu richten bereit war. Eindringlich beschrieb Weinheber den verzweifelten Kampf des Abraham Friedländer gegen Ignoranz, Menschenverachtung und Vorurteile. Er war ein Kohlhaas, der Gerechtigkeit wollte und an der Ungerechtigkeit scheiterte. Dazu kam, dass er mit seinem schon fast fanatischen Glauben an Wahrhaftigkeit, Reue und Sühne seinen Mandanten, der inzwischen zu einem Freund geworden war, noch tiefer ins Unglück und am Ende in den Tod getrieben hatte. Und ich schämte mich nicht meiner Tränen, als ich am Strand von Yafo saß und das letzte Kapitel las.

20. Kapitel

Es hatte für den beklagenswerten Moses Kimmel noch nicht einmal zu einem Minjan gereicht, also zur Anwesenheit von zehn erwachsenen Männern, die gemeinsam das Totengebet gesprochen hätten. Nur wenige Nachbarn fanden sich in der kargen Schlafkammer ein, waren um den Toten versammelt, der auf dem Boden lag, wie es Brauch war. Gestern hatten Polizisten Kimmels Leiche aus der Spree geborgen, unweit der Großen Synagoge, und ihn in das Leichenschauhaus der Charité verbracht. Auf eine Obduktion wurde verzichtet, denn nachdem ein Abschiedsbrief gefunden worden war, gab es für die Polizei keinen Zweifel am Selbstmord des Herrn Kimmel. Und wenn es nun doch Mord gewesen wäre? An einem kleinen Juden? Wen hätte es gekümmert?

Seine Frau saß auf dem Boden in der Ecke des Zimmers auf einer Matratze und hielt den Säugling im Arm. Neben ihr die beiden größeren Kinder, welche mit leeren, traurigen Augen zu ihrem Vater blickten, der kalt und starr, von seinem Gebetsschal verdeckt, vor ihnen lag.

Friedländer wollte kein Aufsehen erregen, deshalb ließ er das Taxi an der Straßenecke die Fahrt beenden, zahlte rasch, stieg aus und ging den Rest des Weges zu Fuß. Wie oft war er in den letzten Monaten durch die Linienstraße gelaufen, heute jedoch fiel ihm dieser Gang so schwer wie nie zuvor. Nachdem ihn am Morgen die Nachricht von Kimmels Tod erreicht hatte, war er in eine Schockstarre verfallen.

Die Schuldgefühle hatten ihn übermannt. Er, der Anwalt, war es schließlich gewesen, der den Mann dazu aufgefordert, ja ihn verführt hatte, sich zur Wehr zu setzen, um ein Exempel statuieren zu wollen. War Kimmel das Opfer von Friedländers Ehrgeiz geworden?

Hatte er den armen Mann nur benutzt, um sich und anderen zu beweisen, daß das Unmögliche doch möglich war? Daß man das vorgegebene, offenbar unabänderliche Schicksal doch wenden könne, wenn man es nur wollte? Daß man die Mahlsteine einer unerbittlichen Justizmühle außer Kraft setzen könne? Daß man mit Überzeugungskraft Ressentiments überwinden würde?

Friedländer machte sich bitterste Vorwürfe. Wie viele falsche Erwartungen hatte er geweckt, wie viel vergiftete Hoffnung in die Seele dieses armen Menschen geträufelt? Am Ende, so nahm er es schon seit längerer Zeit wahr, hatte Kimmel seinen Vorschlägen nur noch in einem Zustand der Resignation und der Apathie zugestimmt. Der arme Mann hatte, viel früher als Friedländer selbst, die Aussichtslosigkeit des Unterfangens erkannt und schien den Fall lediglich dem Anwalt zu Gefallen weiter und weiterzuführen – bis in den Untergang. Seine eigene Verbissenheit hatte, so wurde es Abraham Friedländer klar, den Familienvater in den Opfertod getrieben. Das würde ihn bis an das Ende seiner Tage belasten.

Denn Abraham Friedländer war, bei aller Tollkühnheit, die er an den Tag zu legen vermochte, im Grunde seiner Seele ein empfindsamer Mensch. Daher war ihm recht bange vor dem, was ihn in dem tristen Hinterhaus in der Linienstraße erwarten würde.

Die Tür stand offen, als Friedländer die ärmliche Wohnung betrat. Die Dielen im Flur knarrten, als er sich zum hinteren Raum aufmachte.

Zuerst bemerkte er Frau Kimmel, die ihn ohne jegliche Regung ansah. Auch die beiden Kinder reagierten kaum. Er konnte in ihren Gesichtern kein Zeichen der Ablehnung erkennen, dafür jedoch ein tiefes Herzweh. Friedländer gesellte sich wortlos zu den betenden, vor und zurück wippenden Männern, die ihm flüchtig zunickten, dann sprach auch er das Kaddisch-Gebet.

»Nein, Herr Doktor«, sagte Frau Kimmel einige Zeit später, als sie in der Wohnküche saßen. »Es war von Gott so vorbestimmt. Die Schuld liegt nicht bei Ihnen und Sie haben sich nichts vorzuwerfen. Im Buch des Herrn ist unsere Lebenszeit festgelegt und die seine war nun zu Ende.«

»Es ist sehr versöhnlich, daß Sie das sagen, gnädige Frau, und ich danke Ihnen für diese Worte. Doch selbst dies kann mein Gewissen nicht erleichtern. Schließlich hat sich Ihr Gatte seinen Tod mit eigener Hand beigebracht. Also durchaus ein Schicksal, welches man selber bestimmen kann. Und er hat es getan, weil er verzweifelt war ob des Unglücks, das über ihn hereingebrochen ist wie eine Naturgewalt, und dies wiederum war den Umständen des unseligen Prozesses geschuldet, der ihn tiefer und tiefer in die Verzweiflung führte. Und diesen habe ich allein zu verantworten.«

Die schmale, ausgemergelte Frau begann zu weinen, so daß ihre Schultern zuckten. Etwas unbeholfen nahm Friedländer ihre Hand und hielt sie fest.

»Wir wissen doch beide, wer daran Schuld hat, Herr Anwalt«, sagte sie leise unter Tränen, »und das schmerzt mich am meisten. Jene, die ihn auf dem Gewissen haben, seine Peiniger und die Richter, leben weiter unbeschwert, und mein Motek …«

Sie löste sich, erhob sich und ging zum Fenster. Der Anwalt sah ihr nach. Sie schaute zu dem grauen, großen Haus gegenüber, in dem Menschen wohnten, die kaum einen Gedanken an ihren Nachbarn Moses Kimmel verschwenden würden, dachte er. Zu groß waren ihre eigenen Sorgen, zu unsicher war ihre eigene Existenz. Kimmel war lediglich eine Arbeitsameise, die nicht mehr zu ihrem Staat zurückgekehrt war. Sie lag zertreten und würde morgen vergessen sein.

»Frau Kimmel«, sagte Friedländer dann leise, aber bestimmt. »Sie gehen jetzt durch eine schwere Zeit und ich möchte Ihnen gern helfen.« Er zog seine Brieftasche hervor, aber schon stand die Frau neben ihm und sagte:

»Nein! Herr Doktor Friedländer, das kommt nicht in Frage! Sie haben so viel an Arbeit und Mühe für uns aufgebracht, daß ich tief in Ihrer Schuld stehe. Deshalb …«

Er unterbrach sie.

»Es ist mir ein Anliegen, Ihnen in dieser Situation zu helfen. Lehnen Sie mein Angebot bitte nicht ab. Außerdem ist unser gemeinsamer Weg noch nicht zu Ende. Ich werde den Tod Ihres Mannes zum Anlaß nehmen, die Öffentlichkeit zu informieren. Ein Bekannter von mir ist Redakteur bei der Vossischen. Alle Welt soll erfahren, daß es die unerbittliche, die selbstgefällige Justiz dieses Staates ist, die Menschen verzweifeln läßt, ihnen den Glauben an Gleichheit und Gerechtigkeit raubt und die sie schließlich in den Tod treibt! Ich habe Jura studiert, weil ich voller Hoffnung war, der Rechtlichkeit zum Sieg zu verhelfen. Ich habe mich entschlossen, unseren Prozeß weiterzuführen! Das bin ich Moses Kimmel schuldig, der mir im Lauf der Zeit zum Freund wurde. Daß ihm postum Recht widerfährt. Ich beabsichtige eine Revisionsklage beim Obersten Reichsgericht in Leipzig.«

Frau Kimmel war sprachlos. Sie starrte den Anwalt an und wehrte sich nicht, als er ihr ein Bündel Geldscheine auf den Küchentisch legte.

»Das werden Sie brauchen«, sagte er, »die Beerdigung will bezahlt sein und was noch an Ausgaben auf Sie zukommen wird.«

»Ach«, sagte die Frau, »ich muß erst einmal den Rabbiner überzeugen. Selbstmörder sind die Niedrigsten der Niedrigen.«

»Ich kümmere mich«, sagte Friedländer, »machen Sie sich keine Sorgen darüber.«

Er erhob sich, nahm die Frau in die Arme, die sofort wieder zu weinen begann.

Die beiden Kinder kamen in die Küche. Das Mädchen hatte den Säugling auf dem Arm. Sie sahen ihre Mutter mit dem Mann stehen und umklammerten daraufhin ihrerseits die Mutter und den Anwalt hilflos. So standen sie alle eine Weile wie eine Skulptur.

Als Friedländer sich löste, sagte die Frau: »Und grüßen Sie auch ihr Fräulein Braut recht herzlich.«

Der Anwalt nickte.

Was hätte er sagen sollen, dachte er, als er die krumme Stiege hinunterging. Unfaßbar! Sie, liebe Frau Kimmel, denken in Ihrer schwersten Stunde an Brigitta Uppenhoven, der Sie nur einmal begegnet sind, und lassen sie grüßen! Nein, es gibt das Fräulein Braut nicht mehr! Es hat sich anders entschieden. Oder besser gesagt, es war wie beim Remis. Entweder sie verliert ihren Vater oder sie verliert mich. Laß diesen Prozeß, hatte sie ihn vor die Entscheidung gestellt. Er zerstört unsere gemeinsame Zukunft. Ich bin nicht bereit, mit meinem Vater zu brechen. Und ich bin nicht bereit, jetzt zu kapitulieren, hatte er geantwortet und hinzugefügt, folge deinem Herzen. Am nächsten Tag erhielt er den larmoyanten Abschiedsbrief.

Es hatte zu regnen begonnen und Abraham Friedländer lief mit langen Schritten durch die Kleine Hamburger Straße, überquerte die Auguststraße und nahm einen ausgetretenen Pfad zwischen zwei Mietskasernen hindurch, der direkt zur Oranienburger Straße führte. Er lief mit gesenktem Kopf und so nahm er nicht wahr, daß ihn ein Mann verfolgte, seitdem er aus dem Durchgang des Vorderhauses auf die Straße getreten war.

Der Mann hatte im Ecklokal gewartet und ab und zu aus dem Fenster gesehen, bis er den jungen Anwalt erblickte. Er warf ein paar Münzen auf den Tresen, schlug den Kragen seines Ledermantels hoch, rückte seine Schiebermütze zurecht und verließ die Kneipe. Er folgte Friedländer in gehörigem Abstand.

Neben der Großen Synagoge befanden sich das Jüdische Gemeindezentrum, ein Lesesaal und kleine Beträume. Friedländer hatte brav einige Minuten gewartet, wie es ihm von der nicht sonderlich freundlichen Sekretärin aufgetragen worden war, dann erschien der Rabbiner in der Tür und winkte seinen Besucher zu sich.

Rabbiner Ephraim Zitherspieler war ein mittelgroßer, leicht korpulenter Mann. Friedländer und er kannten sich flüchtig und waren sich hin und wieder bei Benefizveranstaltungen im Scheunenviertel begegnet. Rabbi Zitherspieler war ein konservativer Mann.

Der Anwalt fühlte sich den Reformbestrebungen des exzentrischen Rabbiners Joachim Prinz verbunden, der im Friedenstempel in Halensee seine kurzweiligen, modernen Gottesdienste abhielt, bei denen selbst Frauen zum Lesen aus der Thora aufgerufen wurden. Eine Veränderung des tradierten Rituals, die bei Rabbi Zitherspieler nicht denkbar gewesen wäre. Schon deshalb war Friedländer auf eine kontroverse Diskussion vorbereitet. Nachdem er sich in der Ecke des überladenen Büros in einen Sessel gesetzt hatte, kam er gleich zur Sache:

»Werter Herr Rabbiner«, sagte Friedländer freundlich, »ich bin zu Ihnen gekommen, weil ich um Verständnis für einen meiner Mandanten bitten möchte, der leider gestern selbst seinem Leben ein Ende gesetzt hat.«

Der Rabbiner nickte.

»Ein gewisser Moses Kimmel, aus der Linienstraße, ich weiß. Was erwarten Sie von mir?«

»Mir ist bekannt, daß Selbstmord bei uns Juden ein Vergehen ist, aber ich möchte Sie doch bitten, im Namen der Gerechtigkeit Gnade zu üben.«

»Warum sollte ich das tun, Herr Doktor? Es steht geschrieben, und nicht nur in Bereschit, sondern an vielen anderen Stellen des Tanach, im Wajikro zum Beispiel oder in den Devarim, daß es ein Gebot ist, seinem Körper keinen Schaden zuzufügen. Ein Selbstmörder wird nicht eingelassen werden in das Neue Reich, wenn der Messias uns alle rufen wird. Er darf nicht begraben sein wie ein Jude und es soll auch kein Kaddisch für ihn gesprochen sein. Die Mischna spricht nicht von dem Wort *harag*, zerstören, oder von *hemit*, was vergehen bedeutet, sondern sie spricht bewußt im speziellen Zusammenhang mit dem Suizid von *razach*, töten! Du sollst nicht töten, auch nicht dich selbst!«

»Sie müssen es mir glauben, werter Rabbi«, sagte Friedländer bestimmt, »ich möchte Sie auf keinen Fall in einen religiösen Konflikt bringen, aber bei dem bedauernswerten Herrn Kimmel liegt die Sache nun einmal anders. Es war der Druck von außen, es war die Ungerechtigkeit und Unerbittlichkeit der Justiz, die ihn zu diesem Schritt trieb. Und es war wohl auch der

Wunsch, sich einen Rest von Würde zu bewahren.«

»Würde?« Der Rabbiner sprang auf. »Sie verwechseln Würde mit Feigheit, mit Verantwortungslosigkeit, mein Herr! Würdig und aufrecht wäre es gewesen, dieser Kimmel hätte sich männlich seinem Schicksal gestellt.«

Der Anwalt blieb ruhig. Das hatte er in zahlreichen Prozessen üben können, und er sagte daher:

»In Masada brachten sich fast eintausend Juden lieber um, als würdelos in die Hände der Römer zu fallen. Und wie viele Juden haben sich im Spanien der Inquisition lieber getötet, als durch Zwang Christen zu werden? Auch Moses Kimmel fühlte sich durch großes Unrecht in die Enge getrieben.«

Der Rabbiner wurde nachdenklich.

»Sie würden sagen, es war am Ende nicht mehr sein freier Wille, weil er getrieben war?«

»So könnte man es sehen, Rabbi.«

Der Rabbiner legte seine Fingerspitzen an die Schläfen und rieb sie mit kreisförmigen Bewegungen. Dabei schloß er die Augen. Friedländer beobachtete den Mann mit dem rötlichen Bart mit gespannter Aufmerksamkeit.

Nach etwa einer Minute sagte der Rabbiner leise:

»Es gibt in der Tat im jüdischen Codex zwei Ausnahmen, bei denen eine Selbsttötung kein Vergehen ist, nämlich, wenn jemand sich opfert, um jemand anderen zu retten – das sehe ich im Fall des Moses Kimmel selbst bei großzügiger Betrachtung nicht –, aber wenn einer geisteskrank ist, meschugge. Sein Verhängnis hat ihn verrückt gemacht. Könnten Sie damit leben?«

Friedländer sprang auf.

»Das ist die Lösung, Rabbi Zitherspieler. So machen wir es. Der gute Kimmel bekommt eine handelsübliche Beerdigung in einem schönen Feld und wir reden nicht mehr über die Todesursache.«

»Sie sind ein geschickter Verteidiger«, sagte der Rabbiner, gab dem Anwalt die Hand und öffnete die Tür.

»Falls Sie einmal auf meine Dienste zurückgreifen möchten, Sie haben meine Karte«, sagte Friedländer.

»Ich schicke gleich die Chewra Kadischa zu der Familie. Bis morgen in Weißensee, um elf«, sagte der Rabbi, »shalom.«

Epilog

Doktor Abraham Friedländer befand sich auf dem Weg zur S-Bahn-Station Hackescher Markt, als sich ihm der Mann im Ledermantel plötzlich in den Weg stellte.

»Was soll das?«, fragte der Anwalt.

»Wir wollen euch hier nicht haben! Ihr Scheißjuden!«

Friedländer versuchte, sich an dem Mann vorbeizudrängen, aber der hielt ihn fest, sprang plötzlich hinter ihn und zog ihm das Messer durch die Kehle! Der Anwalt fiel auf die Knie wie ein geschächtetes Tier. Er hielt sich den Hals, aber das Blut, begleitet von einem bestialischen Gurgeln, strömte zwischen seinen Fingern hindurch auf seine Kleidung und das feuchte Trottoir. Der Mörder war bereits verschwunden. Als sich der erste Fußgänger entsetzt einfand, lag Abraham

Friedländer im Sterben, zusammengekauert wie ein Embryo. Sein Röcheln versiegte. Es war mit einem Mal derart still, daß man die Vögel zwitschern hören konnte. Dann setzte das Metronom der Großstadt wieder ein. Ratternd überquerte eine S-Bahn die Spree und verschwand zwischen den Häusern.

ENDE

Ich hatte noch eine halbe Stunde der Sonne beim Untergehen zugeschaut und befand mich nun in meinem Hotelzimmer, wo ich damit begann, meinen Koffer zu packen. In knapp vierundzwanzig Stunden würde ich Israel wieder verlassen haben. Ich war in Gedanken. Weinhebers Roman hatte mich aufgewühlt. Wie viel Autobiografisches mochte wohl in diesem Manuskript stecken, dachte ich, als ich fast ehrfürchtig den Ordner in meinen Koffer legte. Jetzt musste ich noch die Reiseschreibmaschine unterbringen. Ich öffnete den Verschluss und klappte das Oberteil hoch. Dabei entdeckte ich ein Blatt Papier, das ich zwischen den Tasten hindurch unter der Maschine liegen sah. Ich löste die Maschine an den vier Ecken von der Unterseite, hob sie an und ergriff das Papier.

Es war ein Telegramm vom 10. April 1939, aufgegeben von einem Iskia Kaplan aus Herzliya, gesandt an Mr. Lionhard Weinheber, Hotel Vieux Port, Marseille, und dort stand zu lesen:

DEAR SIR ++ STOP ++ WITH SINCERE
PAIN WE INFORM YOU LENKA ROSEN
WAS KILLED LAST NIGHT IN ARAB
ATTACK ++ STOP ++ SHE WILL NEVER
BE FORGOTTEN ++ STOP ++ WAITING
FOR YOUR ARRIVAL ++ STOP ++
RESPECTFULLY SHALOM ++ STOP ++
ISKIA KAPLAN ++

Lenka! Ich musste mich setzen. Obwohl ich es
ja wusste, war es so, als sei sie eben erst wirklich gestorben. Ich sah Leonard Weinheber vor
mir, wie er aus dem Hotel lief, ziellos. Im strö-
menden Regen. Ohne Mantel hetzte er durch
das Hafenviertel. Sah die Menschen lachend in
den Bistros und konnte nicht verstehen, warum
sie lebten, weiterlebten, und seine Geliebte tot
war. Nach all dem, was sie in Deutschland an
Erniedrigung erfahren musste, war es ihr endlich gelungen, Freiheit zu finden und ein Ziel.
Und sie hatte Weinheber davon überzeugt, ihr
zu folgen. Sein Heimatland und seine geliebte
deutsche Sprache aufzugeben für ein selbstbe-
stimmtes Leben in Freiheit.

Heimkehr

Cary? Sie erkannte mich sofort. Elias! Wie geht es Ihnen? Danke. Und Ihnen? Wie soll es einer alten Schachtel schon gehen, sagte, nein, schrie sie ins Telefon, obwohl ja sie es war, die schlecht hörte. Ich habe interessante Neuigkeiten, schrie ich zurück. Schießen Sie los, rief sie.

Ich berichtete von meinem Besuch im Kibbuz, von der Gedenktafel und schließlich vom Telegramm. Nach einer längeren Pause sagte sie: Er hat es getan. Da bin ich ganz sicher. Wenn ich nur das verdammte Gedicht noch hätte. Heute würde ich es ganz anders deuten. Damals war ich so hochmütig und las es wie ein Liebesgedicht an mich, von einem Dichter, ich dumme Gans!

Ich erzählte ihr, dass ich noch ein paar Besorgungen machen würde, ein paar Mitbringsel, und dass mein Flieger um 18 Uhr ginge. Sie wünschte mir einen guten Flug und wir vereinbarten, in Kontakt zu bleiben.

Ich verbrachte den Vormittag in diversen Läden und Shopping-Malls in Tel Aviv, wieder einmal fiebrig nach überflüssigen Souvenirs suchend. Für mich erstand ich ein »Stand-with-Israel«-Kapuzen-T-Shirt, für Lisa hübsche Ohrringe. Für Gibril fand ich im Buchantiquariat etwas Sinnvolleres: einen kleinen Fotoband von Walter Zadek über den Hafen von Yafo in den 30er Jahren.

Der alte Mann war gerührt und bedankte sich überschwänglich. Anhand der Fotos konnte er mir beschreiben, wo er gearbeitet hatte, und er erkannte sogar Kollegen von damals. Gern hätte er mich noch einmal irgendwohin eingeladen, aber ich konnte ihn davon überzeugen, dass ich in Eile war. Ich wollte lieber früher als zu spät am Flughafen erscheinen.

Gibril drückte mir eine Plastiktüte in die Hand, in der sich ein Geschenk für seinen Enkelsohn Hamed befand. Ich sagte zu, es in Berlin an ihn weiterzugeben. Gleichzeitig dachte ich an den Sicherheitsbeamten, der mich in wenigen Stunden fragen würde: Hat irgendein Fremder Ihnen irgendetwas mitgegeben? Und ich würde den Kopf schütteln und dabei denken: Ein arabischer Mann hat mir eine verdächtige Plastiktüte …

Gegen zwei kam Amin und wir fuhren zum Flughafen. Ich berichtete ihm von dem Telegramm und wir waren beide davon überzeugt, dass Weinheber sich zwar auf den Weg nach Palästina gemacht, aber niemals die Absicht gehabt hatte, dort anzukommen. Am Gate nahmen wir uns in die Arme, klopften uns kumpelhaft auf den Rücken – das war's.

Schön, wieder neben Lisa aufzuwachen. Wir hatten bis in den frühen Morgen geredet, ich hatte ihr ausführlich von meinen Erlebnissen berichtet. Während ich neben ihr eingeschlafen war, hatte sie begonnen, Weinhebers Roman zu lesen, konnte davon nicht mehr lassen und hatte ihn ganz verschlungen. Und so hatten wir am Nachmittag ein packendes Thema. Man müsste den Roman veröffentlichen, ihn für Leonard Weinheber herausgeben, schlug sie vor.

Wie soll das gehen?, meinte ich. Du kennst

doch Leute, sagte sie. Okay, kann ja mal mit Mirko Jansen reden, du weißt schon, dem Lektor. Mein Gott, rief sie, dieser Winzverlag! Stimmt, sagte ich, es ist ein kleiner Verlag, aber vielleicht haben die Kontakt zu jüdischen Organisationen und können die mit ins Boot holen. Zu verdienen gibt es da eh nichts, bemerkte ich, wer wird das schon lesen wollen? Ist doch egal, sagte sie vorwurfsvoll, du machst es doch für den armen Weinheber.

Als ich in meine Wohnung kam, hatte ich ein paar Leute auf dem Anrufbeantworter: Es gab noch Änderungswünsche bei einer TV-Serie, der Heizungsableser war vergebens gekommen, jetzt kostete es Geld, ein Freund aus Hamburg hätte gern bei mir übernachtet – Glück gehabt – und schließlich Cary!

Elias, schrie sie. Sie werden es nicht glauben: Ich habe es gefunden. Ich habe das Gedicht gefunden! Nachdem wir gesprochen haben, hat es mir keine Ruhe gelassen und ich habe in meinen Büchern geblättert, ob es nicht irgendwo dazwischenliegt, und was soll ich Ihnen sagen? Der alte Mann und das Meer!

Da war es drin! Ich lasse eine Kopie machen und schicke Ihnen das Original. Einverstanden? Machen Sie's gut. Big hug! Cary.

Jetzt hatte sich der Kreis geschlossen. Ich rief Cary an, bedankte mich und sagte, dass ich es kaum erwarten könne, bis ich Weinhebers letztes Gedicht endlich in meinen Händen halten würde. Soll ich es mal vorlesen?, fragte sie.

Ja klar, rief ich, lesen Sie. Und so hörte ich das kurze Gedicht und Cary Mayers Stimme klang wie die eines jungen Mädchens:

Wenn der Morgen kommt,
wird es dein Morgen sein.
Und deine Sonne wird ins neue Leben scheinen.
Dir weist das Meer den Weg ins Licht.
Mich führt es heim.

(2. Mai 1939, 23 Uhr)

Wenn Ihnen dieses KAMPA POCKET
gefallen hat, gefällt Ihnen vielleicht auch der
Lesetipp auf der gegenüberliegenden Seite.

Schicken Sie uns bitte Ihren LIEBLINGSSATZ
aus einem Kampa Pocket, bei einer Veröffent-
lichung auf unseren Social-Media-Kanälen
bedanken wir uns mit einem Buchgeschenk:
lieblingssatz@kampaverlag.ch